青崖少年文丛

我心茁壮

常新港 著

三环出版社

·海口·

图书在版编目（CIP）数据

我心茁壮/常新港著. —— 海南：三环出版社（海南）有限公司,2022.10

（青崖少年文丛）

ISBN 978-7-80773-005-7

Ⅰ.①我… Ⅱ.①常… Ⅲ.①中篇小说 – 中国 – 当代

Ⅳ.① I247.5

中国版本图书馆 CIP 数据核字（2022）第 134916 号

青崖少年文丛　我心茁壮

QINGYA SHAONIAN WENCONG　WO XIN ZHUOZHUANG

著　　者	常新港
策　　划	吴宗森
项目统筹	胡献忠
责任编辑	吴　馨
特约编辑	邓倩倩
插图绘制	吴雅蒂
装帧设计	谷亚楠
责任校对	韩孜依
出版发行	三环出版社（海口市金盘开发区建设三横路 2 号）
	邮　　编　570216　　邮　　箱　sanhuanbook@163.com
社　　长	王景霞　　**总编辑**　张秋林
印刷装订	南昌市红星印刷有限公司
书　　号	ISBN 978-7-80773-005-7
印　　张	5
字　　数	100 千字
版　　次	2022 年 10 月第 1 版
印　　次	2022 年 10 月第 1 次印刷
开　　本	889 mm × 1240 mm　　1/32
定　　价	28.00 元

常新港的意义

曹文轩

　　常新港是一个有明确方向的作家，多少年来，无论这个不安分的世界如何花样翻新、反复无常，都没有能够改变他的文学初衷。他按他对文学的定义、理解，按他心灵的无声指引，在寒冷而寂寞的北方，不动声色且又十分潇洒地走自己的路，用他特有的文字，为中国的儿童文学构造了一个可以他的名字命名的文学部落。天空下，这个经营有道的部落是独一无二的，是中国儿童文学的一道常看常新的风景线。

　　独特也许是文学最重要的品质。

　　文学不是一般的日常用品——日常用品只要是质量上乘的，无数的人使用同一个品牌是无所谓的，而名牌货色更是人们争相购买的。此时，居于同一生活档次的人们恰恰满足于日常用品的雷同。"我用的也是这个牌子。"说话者，有相遇知己的欣喜，并因品位不俗而暗暗自得。但文学不一样，文学讲究的是独一份，"这一个"。相似和雷同是注定难以出息的。哪怕这个人的作品幼稚一点、粗糙一点，只要这个人的作品别具一格、与众不同，就有了存活的可能。

最近随手翻看村上春树的《1Q84》，看到里面一个情节，对其所阐释的意义很有同感。故事大致是：一个年轻女子写了一部叫《空气蛹》的作品，就文字而言非常业余，但它的品质与路数却是绝对独一无二的；有多年编辑经验的小松先生，深知这部作品的内在价值；它纠结于小松的心头，最后他竟然出招撮合了一次不可思议的合作——让一个文字老练的人改写这部作品；为了这一旷世奇书的问世与流传，也为了拯救这一不会再有的艺术品，一伙人合谋，不惜做就了一个日后终成悲剧的大骗局。

常新港写了几十年的"空气蛹"，更令人感叹的是，它们一开始就是成熟的。他的"骗局"是由他一个人独自完成的。"独船"也许是一个隐喻——关于常新港作品之独的隐喻。这只船在文学的河流上行驶了这么多岁月，始终没有改变它的航线。他也看到了千帆竞发、百舸争流的热闹，但他还是在自己的航线上一意孤行。

这是一条他精心选择的航线。在他看来，这才是一条可望到达文学彼岸的航线。当那么多的船只虽然很有阵势但却离彼岸越来越远时，他守着一番孤寂，将帆高高扬起，双臂抱于胸前，迎风倚着桅杆，眺望着似有似无的海岸线。海以及海岸是他的风景线，而这个驾着独船的常新港则是儿童文学的风景线，我们的风景线。

我们不缺甜糯的作品，不缺温柔的作品，不缺秀美的作品，不缺嬉闹的作品，但我们却缺有力度的作品。二十世纪八十年代，中国儿童文学曾有过强悍之风。那时，有一批作家倾向于苍茫、冷峻、严厉、深沉的叙述，但后因世风和文风的转变，此风日见衰退。大多数作家的姿态不是下潜，而是漂浮，叙述渐趋浮光掠影、轻描淡写、嘻嘻哈哈。时至今日，快乐至上已成定局。浅浅的故事，浅浅的文字，浅浅的情感，浅浅的题旨，我们不假思索地附和了这个浅阅读时代。整个文学如此，儿童文学尤其如此。据说，儿童文学终于回到了正道，理由是：儿童文学本就是快乐的文学。而快乐无边的那一边，就是力度的消失。难道儿童文学就注定是一种没有力度的写作吗？似乎一部儿童文学史所记录的经典并非都是这般。儿童文学史并非一部轻飘飘的历史。

常新港的意义就在于他对儿童文学力度写作一脉的承续。对比《独船》前后的常新港，看得出他尽管有文学上的变法——事实上，他一直就在变法，但千变万变，力度却始终是他文字的归宿。无论是无意为之还是有意为之，他的文字都是北方的，是从广漠的土地上长出的，是在凛冽的寒风中锻炼过的。他作品的思考性是始终如一的：思考社会、人生、生命，思考一切需要思考和值得思考的。他一直处于一种下潜的姿态——当很多人尽量漂浮于水面时，他与这些人是逆行的——逆行，是他给我们的形象。他写过一篇作品叫《逆行的鱼》。那些鱼为了繁衍生命，逆流而上、阵势壮观，无疑是他所欣赏的生命境界。他的文字是有目的的。他以他数以百计的短篇和大量的长篇，反驳了当下无目的的写作思潮。他给我们的是一些可以称出重量的文字。难道中国的儿童文学不需要这样的文字吗？我无法相信一个总在轻飘飘的文字中进行阅读的人日后能成为一个有质量有分量的人。

我们的儿童文学也许有好的故事，也有好的文字，但激情没有了。这是十分糟糕的事情。我们的大量作品，其动力只在游戏上——文字的运行是依靠游戏的欲望推动的。在这个放弃激情的绵软年代，常新港依然常常以激情来推动他的文字，这是值得我们关注的。他居然还有怒气！文字有怒气，是文学的希望所在。怒气意味着对未来的关注和向往。一个关注和向往未来的人，自然就会对现实不满，因为现实与未来之间总会有很大的差距——差距使他不快，不快就会产生怒气。文学总得有点怒气，因为文学既是作用于现实的，更是作用于未来的。儿童文学也不例外。

在日常生活中，常新港是平和的，很少看到他有怒气；而在文字中，却时不时地看到他的怒气。这份怒气在儿童文学普遍没心没肺地傻乐的当下，是十分珍贵的。

相对于成百上千不痛不痒、不咸不淡、不温不火、不上不下的作品，常新港的作品是那种写得比较狠的作品。他的作品敢于登高，也敢于探底，不留余地。他就敢将人性底部揭开来看，就敢将事情闹到难以收拾的地步。我在读这些作品时，常常担忧他最后该怎样收场。通常，一般的作家无论是写事还是写人，总会有所保留的，轻易不敢推到极致。常新港却喜欢极致——在极致处做文章，又在极致处智慧地了断在一般人看来很难了断的故事。在儿童文学这一块，是有许多禁忌的，一般总要回避掉许多东西。这也是对的，但许多时候，我们将这些禁忌扩大化了，结果使儿童文学真的成了到处莺歌燕舞、流水潺潺的"童话世界"，没有尖锐的善恶对峙，没有大起大落的人间悲剧，这种糖化的儿童文学，是否有助于阅读者的健康成长，难道是完全不需要思考的吗？常新港的锐利早在"独船"时代，就让整个儿童文学界领教过了。其后，无论写现实还是写幻想，常新港式的锋芒始终闪着亮光。

常新港是一个勤奋的作家，除了写作就是写作。写作既是他的事业也是他的职业。他的文字无论是在量上还是在质上，都是业内屈指可数的。但无论他写了多少，行家一眼就能判断出这些文字出于谁手。这些作品留下了他思想上的、美学上的深刻印记。这些作品互相照应，互为解读，产生了整体共鸣，从而扩大了它们的力量和效果。整体共鸣，是一个成熟作家的标志。

常新港的作品理应产生重大影响，并得到应有的荣誉。

目 录

1   一   爸爸背上有个疤

9   二   要求完美

17   三   短发女生

25   四   我创作的漫画

39   五   爸，咱俩聊聊

49   六   安全岛

59   七   马青才四岁

67   八   最早帮家里做过什么事

77   九   偶像

87   十   天很冷

97   十一   冷水浴

109   十二   永不冬眠的年纪

121   **外二篇**

123   逆行的鱼

129   一个普通少年的冬日

一

爸爸背上有个疤

雪下得够早的。昨天的大街上还有黄叶，它们簇拥在一起小聚，热议晚秋，雪不打一声招呼，不懂礼貌地洒下来，白白的，柔柔的，亮亮的，大街就成为备好的画着自然图案的长条盘子，盛上了一道硬菜——白盐炒黄叶。

我清楚地记得，这道独一无二的大菜，年年吃。

公共汽车上本来就挤，再加上人人穿得多，就更挤了。我从车头的门一上车，把胳膊从人缝中伸过去刷了卡，钉子一样被定在那儿，挪不动一步。我的双肩书包就在身后被人搓来揉去，像要被送入烤炉的黑面团。

我连头都回不了，只能朝车前看。车前的挡风玻璃被雨刷刮出了一个扇形，雨刷刮去的不是雨，是黏黏的雪。车头就像一只笨拙的动物，长着肥大的身躯，向前一拱一拱，偏偏要吃路上的雪，咔嚓咔嚓的，它是越吃越胖，越胖走得越慢了。

有人在车上跺脚。我感到是在踢公共汽车的屁股，让它快点走！

下车也挤，车门开着，一个一个朝外挤。当时，我有个不干净的联想，车门像肛门，此刻如同大便干燥，费很大的劲才能熬出头。我脚下一松，向边上靠去，以为会靠住一个身穿灰呢子大衣，身材笔直的壮实男人，没想到是模模糊糊、方方正正的车门。

我的头就撞车门上了。

当时没觉得疼。可能是脑瓜凉，车门更凉，没摩擦出疼痛的火花。回到家做了作业，坐到饭桌上准备吃晚饭时，脑门上的包就鼓出来，非要亮相。

大包一出场，妈妈先惊叫，然后是爸爸发声。妈妈一直以我的相貌为荣，说是遗传了她的容貌。我的头上凭空鼓出个包，不像是我受伤了，倒像是妈妈受到了伤害。

爸爸关心大包会不会损坏我的智商。

在他们有点吵的时候，我说："能不能让我把饭吃完？"

"打架了还是被人欺负了？遇到什么坏人了吗？"爸爸在问这些话时是想追责，并出于本能地保护我。

"是我撞了别人！"

"撞谁了？你脑袋怎么鼓包了？"爸爸问。

我说："是我撞了人家的门！"

"谁家的门？"

"公共汽车的门！"

爸爸不说话了。他一定觉得气冲冲地找公共汽车上的一扇门评理，不太容易……爸爸易怒，脾气不好。所以，我曾经数次问过他："爸，你打过架吧？"

"问这个干什么？"爸爸很警惕。

我说："你的脾气，不太好……"

爸爸看着我，他脸上的表情不用描述，就像山上落着雪，风会把冰冷的气送过来，吹到我脸上一阵发凉。他觉得这个问题不该由我问，那是属于我爷爷的权利范围。爷爷不在了，就没人有这种权利了。我突然过问这件事，不，是过问了爸爸不想让我过问的权利。

我势单力薄。因为在这个时候，妈妈总是说："你这孩子，这不是你该问的！"

我问妈妈："为什么不该问？我想知道啊！"

爸爸说："你五年级了吧？"

我看着爸爸，他明知故问，是因为他后面憋着更狠的话。"明年上中学了，要有一个中学生的样子了！你问我打没打过架？我告诉你，你爸我从小学到今天，没打过架，一次都没有！"

我问："那你肯定是好学生了？"

爸爸说："是不是好学生，我不记得了！但是，我没打过架！"

我不信："一次架也没打过？"

"没有！"

我又问道："你是没打过别人，还是没被别人打过？"

"什么意思？"

"我想问，你从小没打过别人，肯定也被别人揍过吧？这是男孩子身上都该发生的事啊。"

我这一问，爸爸急了，真急了，说了一句并不复杂的哲理："打别人是坏人，被别人打不一定是坏人！"我觉得爸爸这句话应该这样说：打别人是坏人，被别人打不一定是好人！

爸爸先洗澡，我在外面等着。以为他快洗完了，我就推门进去，看见爸爸光着背擦身上的水，背上有个疤，刺眼的疤。我退出洗漱间，跟妈妈说："我刚才看见爸爸背上有个疤，肯定不是保家卫国留下的！因为他没当过兵！就算当过兵，也是逃跑时被人从后面打了一枪！"

妈妈听见我这样说，笑了，是偷偷地笑。我抬头看妈妈，追着妈妈想藏匿的表情看，妈妈就把头转到一边去，不想让我看见她笑了。

我要逮住妈妈的偷笑。

妈妈说："妈求你了，以后别问大人不想说的事！"

我说："那你们就别老是盯着我不想说的事问！"

"那可不一样！"

"哪里不一样？"

妈妈刚才挂在脸上的笑意完全消失了："不一样就是不一样！"

这就是大人。你想打开一扇门走进去看一下究竟，可大人把门关死了，把你关在门外。他们要走进孩子的那扇关着的门，不用手敲，直接用脚踹开你的门，长驱直入，没有忌讳，没有障碍。

可我不是小孩子了，对人生的求知欲比对背诵一篇课文更在意。被大人关死的门，我想撬开一道门缝，让自己化成一缕轻风钻进去。

有一天，爸爸在洗澡，我平生第一次要帮爸爸搓后背。我爸爸先是愣了一下，然后坚决地拒绝了我。

他说我的孝心不纯洁、不真诚。

我还听见妈妈对爸爸说："儿子主动要给你搓搓背，你怎么不愿意啊？谁家的孩子会主动给老爸搓背？你是身在福中不知福啊！"

爸爸的声音让我想起被踩了尾巴的野猫："他不怀好

意！"爸爸说完这句话，又跟妈妈说，"你帮我挠一挠后背，有点痒啊！"妈妈问："挠哪里？"爸爸心急火燎地说："就是疤痒！"

疤痒？就是那块隐藏起来的疤痒了？

我没有终止对爸爸背上那块疤痕来源的追究。

另外，爸爸留胡子。记忆中，他是在我上二年级时留的。准确地说，是我跟他第一次顶嘴之后，爸爸的嘴唇上方和下巴，就被胡子占领了，远看呈尖锐的三角形，像一把没拔出鞘的剑。我在想，爸爸留胡子的用意，是在区分他和我的辈分。看不惯他的胡子时，我几次都想告诉爸爸，胡子没有什么威慑力，留它没用。妈妈也是多次让他刮掉胡子，感觉脏。爸爸就是不刮，以为它是威慑我的道具。其实，他精心留长的胡子，根本就帮不了他。

有时候，儿子会跟父亲做游戏，父亲却不知道；有时候，父亲突然想跟儿子玩点什么，儿子却觉得父亲幼稚。

我觉得，一般情况下，当父亲的不可能知道儿子在想什么。如果他想要知道，或是希望知道，这世界上决不会出现"叛逆"这个词。

二

要求完美

班主任柳馨数次提醒我："你说话缺少点文明！"我没觉得自己不文明。柳馨再次警告我："跟老师、同学，跟任何人说话时，不要说脏话！尤其是在我教的班上！"

我说过脏话吗？我不觉得自己的嘴巴脏啊？所有男孩子说脏字被人提醒和批评时，都认为是小题大做。

面对柳馨老师，我没说话，但是我的眼睛在争辩。

这种眼光很容易被她发现，被她看清楚。我也从她的眼睛里，看出了她讨厌我眼光中的争辩，这可能比我说什么脏话还让她讨厌。

……

"你的眼睛冒鼻屎了？把球朝自己家门口踢？"我在骂自己班上的一个叫肖翌的队员。这是我们五年级二班跟五年级六班第二轮踢足球，如果赢了，就进入决赛。这是一场非常重要的比赛。

我踢后卫，因为同学们都说我狠，对方带球冲入禁区时，我是不可多得的出其不意的狙击手，又是一辆不可阻挡的碾压对手的坦克。对方队员每每看到我迎上来，心先虚了。他们虚不虚，我不管，我要负责把他们脚下的球断掉。但是我们班自己的队员踢反了，球奔自己的球门来了，差一点就越过了我的防卫。我把这个危险的球清理掉，抬头就骂自己的队员眼睛冒鼻屎了。把球踢进对方球门没戏，踢乌龙球倒是不用学就会。

班主任柳馨站在场外观看。好几个关键球，让她变成了一个天天有惊喜、天天有惊愕的初中女生。

　　她听见了我在大声骂自己的队员眼睛冒鼻屎。正比赛中，她在场外吼我，像是说在这个时候，不该骂同队队员。

　　我听见了，但假装没听见。我接着骂那个犯错不知错的队员。

　　被我骂眼睛冒鼻屎的肖翌，他老是说自己有踢球的天赋。我曾经问过肖翌："谁说你有踢足球的天赋，还是你自我感觉良好？"我觉得班上的男同学都比他踢得好。

　　肖翌说："好多人说！"

　　"谁啊？"

　　"我爸我妈，还有我表哥！"

　　他举出的证人全是他家里人。

　　我说："你家里人说你踢球有天赋，你也信？"

　　肖翌说："我当然信了！"

　　我说："我们全家人，我爸妈，我爷爷奶奶，我姥爷姥姥都说我可能是第一个乘坐宇宙飞船去月球踢足球的人，你信吗？"

　　肖翌直勾勾地看着我："说话就说话，说那么狠的话干什么？"

我问他："哪里狠了？"

肖翌说："除了我爸妈，我只搬出一个表哥，你呢？搬出你爸你妈，还拉出一大队上辈亲戚，还要上月球踢足球，你真敢想！"

我说："你吹牛，还不让我吹牛啊？"

肖翌不搭话了，他觉得每次跟我聊天，总占不到便宜。占不到便宜的事情，谁还愿意做啊！

柳馨老师曾经对我有过这样的描述："你长得不错，也阳光，但是，我总在你脸上看见阴雨天。你知道一个人的脸上会有阴天吗？老师跟你说话时，你的眼睛要看着我，不要看身后，你身后什么也没有，只有一棵树！"

我说："老师，我知道人的脸上会有阴天！"

"你知道？"

我说："老师现在的脸上就是阴天！"

"我是比喻！"

我说："我不会比喻，我在说真的！"

柳馨老师绕开了她自己，继续说我："你说话时常常吐脏字，你没感觉吗？"

"没有感觉！"

"如果一个男孩子，长得不错又文明，那就是完美！"

我说："柳老师，我真的经常吐脏字吗？"

"老师会撒谎吗？"

我不相信柳馨老师长这么大没撒过谎。但是，我给柳馨老师出了一个主意："柳老师，从今天开始，您可以把我说话时吐的脏字用手机录下来，做个证据。还可以发动全班同学，把我说的脏字都录下来，能录多少是多少！"

"干什么？为了录你吐的脏字，动员全班的同学？你怎么想的？"

我说："老师，我想让你们帮助我当一个完美的人啊！"

柳馨老师瞪着我："你除了说脏字，还学会贫嘴了！"

我说："还让不让说话了？"

柳馨老师早想结束这场谈话了："今后少说脏字，少说！"

我不能说柳馨老师在追求表面上的完美，但是，谁又能看见别人的内心呢？人看另一个人，完全不一样。

在家里，妈妈能发现我的优点，爸爸常常看见我的缺点。妈妈挖掘了我的优点，我开心。爸爸在我身上用了鸡蛋里挑骨头的习惯思维，我反对。两个男同学吵架了，要动手，我会说："光吵吵有屁用？动了手才有结果！"一个女同学跟一个男同学争吵起来，女同学的嘴巴厉害，把男同学气得够呛，逼得男同学要动手。我会说："想跟女同学动手？有什么能耐？有本事用拳头把墙怼个窟窿！"……

这样做的结果是，我在学校里有朋友，也有敌人。

按柳馨老师的话说，你如果是一个完美的人，所有人都会成为你的朋友。我想说，一个人，能跟所有人成为朋友吗？如果有，那他一定还没有出生。

因为自己很难达到柳馨老师的要求，我觉得别的班级会更让人舒服吧。想转班的事情，我没敢跟别人说，回家只跟爸爸和妈妈提了一下。

妈妈却警觉地问我："柳老师挺好的，她就这么让你受不了，还想转到别的班里去？发生什么事了？"

爸爸说："你的老师没错啊。她对学生的想法，对你的想法，就是我和你妈妈的想法！"

我问爸爸："你们是什么想法？"

爸爸说："对你好的想法！"

　　我不说话了。大人有时候会说空话，重复空话。可大人不知道他们在说空话。他们说的想法，是没有想法的想法。

　　我想快点结束小学生活，早点升入初中，摆脱柳馨这样的老师，遇到一个不要求完美的老师。

三

短发女生

我被大人改了三次名字。前两个名字像旧衣服，我都不记得了，它们小了，被我脱下扔掉了。我知道现在的大人愿意给孩子改名字，因为他们担心孩子的名字跟未来不相配，耽误自己孩子的远大前程。

我现在的名字叫樊冰。自己说不上是喜欢还是不喜欢。

爸爸和妈妈喜欢"樊冰"这两个字。但是，他们从不叫我大名，爱叫小名——

烦烦或烦。

妈妈叫两个字——烦烦，有亲昵的成分含在里面。我听了，心里不太烦。

爸爸只叫一个字："烦！"我心里有点烦。他穿好鞋站在门外，忘了伞，就用手指着门后挂雨伞的地方，让我把雨伞递给他。

我没动。

"烦！"他重复了一句。我故意听不懂他的话，转身回自己的房间。爸爸又喊："烦！叫你呐，把雨伞递给我！"

我走出自己的房间："我以为你嫌我烦，我想快点躲开你，让你不烦！哪里还想到你会请我帮忙！"

爸爸说："找碴儿？你故意的？"

我说："爸，你也是故意的，故意让我理解错！叫一个烦字，太容易让我想错了！"递给爸爸雨伞时，我突然想起天气，"爸，外面下小雪，你要雨伞干什么？"

"这是暖雪，天还没这么冷，雪在半空里就开始化了，落到人身上，已经变成雨了。你去阳台朝外看看，有没有人打伞？"

爸爸一走，我去了阳台朝下望，街上的人都顶着雪花打着雨伞，像一朵朵五颜六色的蘑菇在慢慢地迁徙。路中央驶过几辆焦急的车，像怪兽在蘑菇中穿行，破坏了宁静祥和的画面。我冲着街上鲁莽的汽车吼道："开这么快，赶着去死啊？！"妈妈来到阳台上，朝下望了望："你站在阳台上，谁惹你了？"

我指着街上的汽车："它们疯了，开得太快！"

妈妈还是一脸的不解："它们能开到阳台上？这孩子，街上的汽车都能惹到你？"

我怎么跟妈妈解释刚才内心的微妙变化呢？说汽车破坏了我的感觉？内心的东西就是内心的东西，它是温暖的，在暖和的地方才会存活，不能把它掏出来晾到外面。它遇到冷风，遇到雪，会枯萎……

出门时，妈妈让我带上她的折叠伞。我说："把伞给我了，你呢？"妈妈说："我再去买一把，这像雨又像雪的天气，不会是一天两天，家里总要多备几把伞的！"

我说："等妈买回伞我再用，今天还是你用这把伞吧！"不等妈妈再说什么，我冲出门去，站在楼下的雨搭下面，朝

天上看了几秒钟，冲进雨雪中，直奔公共汽车站。我还听见妈妈站在楼上喊我的名字："烦烦——"

妈妈的声音像一只绵软的有温度的手，从雨雪中追上了我，抚摸着我已经变湿、发冷的后背……

我每天在礼仪站上车，去马街小学。我从三年级开始，学会自己乘坐公共汽车了，不再让爸爸开车送我。爸爸的公司和马街小学完全是两个方向，送我到学校之后，爸爸要绕一个很大的弯子，差不多绕四分之一的城市，才能回到他的公司。因为正逢上班高峰，他要在路上浪费一个多钟头。

……

等了两辆 108 路公共汽车，我才挤上去。这样的雨雪天气，上了公共汽车的人十有八九都带着伞。拿伞的人把伞头朝下垂着，雪化成了水，滴到车厢的地上。有个中年妇女突然叫起来："把你的伞拿开，我的鞋被弄湿了！"

那个拿伞的男人猫着腰，像是犯了错，不知道该把手里的伞举着还是拎着，一脸的为难。这时，车停下来，又挤进一些乘客，带进了一股凉气。外面的雨雪更大了，刚上车的人也带进了更多的水。

　　我被挤到靠车窗的地方，连头都抬不起来了。一个穿黑色防风衣的高大男人上车时连防风帽都没摘，水滴下来，直接滴到我的头上，流进了我的脖子。我躲不开，脚也很难扭动一下。

　　这时，我的脚突然可以松动了，脚边有了一点空隙。我歪头一看，是个女生。我见过她，她比我低一个年级还是低两个年级？我不知道。我在公共汽车上见到过她。我们都穿着马街小学的校服。她把身体紧靠在车窗上，头歪着，给我的头让出一个小小的空间。

　　我把头歪到了那个空间，躲开了头上的"人造雨"。我脑袋的位置原本是面前这个女生的头。现在，她的头贴到了车窗上，离得很近，她的侧脸，我看得非常清楚。她留着很短的短发，只在脖子的地方留得稍微长一些，让人把她跟男孩子区别开。她的鼻子尖尖的，有点翘，单眼皮，眼球很黑，像一只……小动物。

我用自己都听不见的声音说了声："谢谢你……"

她看了我一眼，听见了，嘴角动了一下，像是笑，也像是回应。

108 路公共汽车终于在马街小学站停下了，雨雪竟然也停了。校门口停着电动车和小车，人们都收了伞，把脸露出来。阳光渐渐现身，让地上的潮湿折射出一道道的反光，像是被洗刷过，告诉人们新的一天来了。

我用眼睛寻找在公共汽车上的那个女生。她的短头发混在一群穿着一模一样校服的男生中间——朝校门走去的背影，一个个双肩包。我无法断定哪个是她。

一上午，四节课，我都想起早上挤公共汽车时的一幕，想起那个低年级的女生把头歪到车窗上，给我遭受磨难的脑袋留下一个空间。

我们五年级在最顶层。我在课间的时候去了三楼走廊，站在那里，看着从每个教室进进出出的学生。三楼是三年级，一共有八个班。

我就是想知道那个短发女生是不是三年级的学生。

我傻站了一会儿，没碰到她。

　　我决定有时间再去四楼看看。如果她不是三年级的学生，那肯定是四年级的学生。午饭吃过后，我去了四楼，在走廊里慢慢地走，每走到一个教室门口，就飞快地朝里扫一眼。我没发现她，却被一个不认识的女生问道："你是樊冰吧？你到四楼找谁？"

　　这个女生认识我，我觉得奇怪："你怎么认识我？"

　　她瞪着我："你那么狠，谁不认识？"

　　我愣愣地看着她，觉得自己名声怎么如此差，连四年级的女学生都知道？"我……我怎么狠了？对谁狠了？"

　　"你踢球能把人踢倒！"

　　哦，踢足球啊！踢足球把人踢倒，就像吃食物吃得急，打了一个嗝一样，很正常。我想在四年级的女生面前，把自己的不良形象扳回来："踢足球，我也被人踢倒过！"

　　这个女生不谈足球场上踢不踢人了，她突然又问道："你找谁？"

　　我转身走了。说不出为什么，我走得有些惊慌，像是逃。一个男生找一个并不知道名字的女生，开不了口。

四

我创作的漫画

我就是忘了做作业，忘得干干净净。我昨天回家时，脑子里全是挤公共汽车的情景，坐在桌前，在纸上画了一张画——一辆轱辘不圆的公共汽车，车头上标出108路，从车窗挤出无数的小脑袋，都在大喊："挤死我了！"车头像一只笨拙的河马张着歪咧的大嘴巴，吃力地喷出一股股白气。

看着自己的画，我的心情好多了。但是，我还是没想起学校当天留的作业。

班长贾非收作业时，我说："我真的忘了！"

贾非低着头，对我说："先别说作业的事了！刚才六班的人找我，下午想跟咱班约一场足球，踢吗？他们觉得咱们是对手！"

我说："踢！"被六班约一场球，是自豪的事。如果踢得像怂包，不会有人找我们踢球。

贾非说："上课前，我就去六班，给他们回话！"

我说："我作业没写啊！"

贾非说："赶紧补吧，有点来不及了，赶紧想个理由吧！理由软和些，也能挡一下的！"

我喜欢贾非。他知道我忘了做作业，一定有我忘记的理由。他在帮我想办法渡过难关。柳馨老师上课时，气呼呼地朝讲台上一站，我就知道该闯难关了。

"有三个同学没交作业，谁没交？自己站起来！"

我站了起来。另外两个没交作业的男同学，不利索地站起身来。说他们不利索，是因为他们俩好半天才站起来，身上好像携带着负重物，把桌子挤得被迫移动了位置。

"樊冰，你说说！"柳馨老师说出的话，声音虽不大，但有威慑力。

"忘了，真的忘了！忘得死死的！"我说。

"美国从阿富汗撤军了，你在忙着重建阿富汗吗？"柳馨老师愿意用世界上发生过的最新的大事件，嘲弄一下调皮的男生。

"老师，那是阿富汗人民自己的事情，还轮不到我操心！"我属于那种敢说话的调皮男生，这是踢足球养成的性格。踢球时，我如果不喊不叫，十一个队员就变成一把沙子扬在了足球场上。

教室里有人笑了。从笑声里我可以判断，五年级同学里面，有人除了玩手机游戏，也经常看手机新闻。

柳馨老师的目光在空中扫了一圈，像电子灭蚊拍一样，蚊子啊小咬啊都被电没声了。清扫一切害人虫，全无敌。

不合时宜的是，蚊子、小咬都死了，我却活着。我在这时笑出了声。只有一声，自己的嘴像包子一样，皮太薄，没包住馅，露出来了。

柳馨老师看着我，根本不看另外两个站起来的男同学。我变成了重点打击对象，我本来是可以暂时隐身的蚊子，自己却嗡嗡地跑出来了。

"你没去阿富汗，那你昨天放学后去了哪里？"

我说："柳老师，我做了另一个作业！"

"什么作业？"柳馨老师问。教室里的同学都看着我，也用眼睛发问。

我拿出一张纸——昨天画的那张图："我画了画……"

贾非看见，从座位上主动站起来，接过我手里的纸，想当一个快乐的传递员，把它交到柳馨老师手上。在他接过纸的瞬间，他看了一眼，不解地看着我，像是在问："你想干什么啊？这就是你一直在想的理由？"

柳馨老师接过贾非递给她的那张纸，看了半天，想看明白，但还是没看明白："樊冰，你这是要当一个漫画家吗？"

"昨天晚上，我一直在画它！"

"作业呐？"

"忘了！"

"因为画漫画，忘了做作业？"

我说："是！"

"画这张漫画比做作业重要？"

我说："是！"

贾非在座位上瞪我，觉得我不该说话这么直，戗着老师说话。我该把嘴巴缝上，根据我嘴巴的大小尺寸，该缝十二针。我站在那里，接受了很多目光，来不及分析贾非眼光的含义了。

"把作业补上！"柳馨老师都是这样处理不写作业的人的。她抖着那张我画的画，刚要把它拍在讲台上，我说话了："老师，那张画还给我吧！"

贾非一听，站起来再次想当快递员，却被柳馨老师喝住了："回去！"贾非乖乖地回到座位上。柳馨老师望着我："你要它做什么？"

我的脑子里灵光闪现："咱们马街小学，每年都要举办学生的绘画书法展览，今年再办，我要拿它参加画展！"

同学们又笑了。

柳馨老师又看了一眼我画的那张图，问我："真的假的？你想拿着它参加展览？"

我说："是啊！马街小学办展览，我从没参加过，五年了，都快小学毕业了，我想，今年我要拿它参加展览！"

"你是认真的吗？"

"我是认真的！"

"就拿它？"

"就拿它！"

柳馨老师用明显带着不屑的口气问道："那你应该给你的大作取个名字啊！像梵高的《向日葵》，像达·芬奇的《蒙娜丽莎》……"

我的脑子里再次灵感闪现："我的漫画叫《我的每天早晨》！"．

柳馨老师又低头看了一眼我的画，沉吟了半天，才说道："你下课再把它拿回去！别忘了，补交上昨天的作业！"我坐下了，突然感到很开心。我要拿自己的画参加全校展览，是刚刚决定的。这是我在闯关的艰难时刻，突发奇想的结果。

下课后，第一件事情就是把柳馨老师放在桌上的那张画取回来。自从我决定拿它参展后，我开始对它百般呵护。原来，我把它折叠了四下，胡乱插在书页里；现在，我把它慢慢展开，平整地夹在书页里。

班里几个爱看热闹的同学围上来，非让我把画拿出来让他们看看。我说："办展览时，你们可以好好看，认真地欣赏！"

"你的画能参展吗？我看见老师在讲台上举了几下，像是乱画的……"

"这都能参展，我也能！"

我推开那几个同学："让开让开，我要去卫生间！"

下午跟六班踢球时，操场上围了很多学生。贾非还是踢中锋，我还是踢右后卫，肖翌一直是左后卫。开球前，他跟贾非要求踢右前锋。贾非还没说话，我先说话了："肖翌，你踢不了右前锋，你脚上没准，怎么能踢右前锋？"

肖翌喊起来："我就想踢右前锋！"

我们正吵吵着，六班的球员听见了，对我们说："还没踢呐，二班就乱套了！"

比赛快开始了，贾非着急地跟我说："就让肖翌踢右前锋吧！"

因为时间关系，我也不想再纠缠这件事了，对贾非说："就让他踢一次前锋，如果他不行，犯了错，他自己从咱们球队退出！"

肖翌说："我家里人都说我踢球非常有天赋，就你说我不行！"

我又火了："你再说自己踢球有天赋，现在就给我滚蛋！滚远远的！"

肖翌也喊起来："你又骂人？！"

我说："我就骂你了！怎么了？"

……

柳馨老师听说我们自己组织了跟六班的比赛，她也赶了过来。见我和肖翌吵起来了，她跑过来，像医生遇到了常见病，打针吃药全用上了："樊冰啊樊冰，什么时候吵架都有你，哪里出乱子，哪里就有你！好好踢球，吵什么？让六班的同学怎么看我们二班？看我们班是一锅粥吗？这世界上就你踢球行，别人都不行？"

我说："柳老师，踢球您不懂，您也不知道我们为什么吵！您别搅和了行不行？"

柳馨老师的脸拉了下来："我什么不懂？"

　　贾非拉了我一下，想劝我少说话。越是有人劝我，我越是冲动。该说话的时候，我不会闷着。我指着贾非问柳馨老师："我们二班，从三年级开始跟别的班踢球，踢了三年了，我们班上队员的位置没变过，我问您柳老师，贾非踢的是什么位置？"

　　柳馨老师被我问住了。

　　我的情绪更激动了，又指着肖翌问柳馨老师："他这头笨猪踢的是什么位置？"

　　"笨猪"两个字一出口，我反被柳馨老师一把抓住了："说同学笨猪，又吐脏字，你什么时候改改你的恶劣形象？"

　　我说："我们说的是足球，您又抓我吐不吐脏字不放！现在是要踢球！"

　　六班的班长跑过来："贾非，还踢不踢？"

　　贾非看着柳馨老师说道："柳老师，比赛要开始了……"

　　柳馨老师指着我说："你太过分了！"留下这句话，她转身走了。

　　我一看，我们班的队员情绪都受到了影响，一个个耷拉着脑袋，情绪低落。我喊了一句："二班——灭了六班！"

贾非也跟着喊了一声："二班——好好踢！"

二班队员的热情这才慢慢回升。

上半场，六班一比零领先我们二班。下半场仅剩十几分钟，我们二班收获一枚零蛋。这次如果输了，在下次比赛之前的一段时间里，我们二班的人碰见六班的人，就会抬不起头来，随时被六班的人嘲笑。失败的滋味会让我们二班的队员品尝很久。

在这场非正规比赛的最后几分钟里，肖翌让我大感意外，他在右前锋位置上，竟然使了个倒钩，把球踢进对方的球门。

倒钩是只有在职业足球赛上才能见到的绝技，肖翌竟然上演了这一幕。结果是一比一，我们班逼平了六班。

我站在后卫的位置上，离肖翌的前锋位置很远，我大声喊道："肖翌，好样的！"肖翌听见了我冲他喊叫，他朝我站的方向望了一会儿。

比赛结束，我对肖翌说："我收回赛前说过的话。"

肖翌假装忘了："你说过什么话？"

我说："说你是一头笨猪。我没看出你偷偷练了这本事。倒钩不是什么人都能踢的，你是怎么练的？"

肖翌有点羞涩地说："在我家床上练的！我把我家的床垫都练坏了，里面的弹簧都跳出来了！"

我说："我跟你道歉！我说你是笨猪，其实，我才是一头笨猪！"

肖翌看着我，他的眼圈红了。

贾非拍了一下肖翌，说道："接受他的道歉了？樊冰就是这样的人！"

肖翌点着头，跟我和贾非说："再有比赛，我还想踢右前锋！"

贾非问我："他行吗？"

我说："太行了！"

肖翌脸上有了笑意。我跟肖翌说："再练高难动作，别在你家床上练了，多少床垫够你练啊？你可以在操场的沙坑里练！"

晚上回家，我又想画漫画，有点痴迷和冲动。我画了一群可爱的小狗，它们形态各异，灵动迷人。它们围着一个大大的足球，足球上站着一头小猪，垂着头向大家承认："我没踢好，原来我是一头笨猪！"

　　我在笨猪的脑门上，写了两个清晰的字——樊冰。

　　我也给这幅漫画取了一个名字，叫《原来我是一头笨猪》。

　　这是我准备参加马街小学今年举办的绘画书法展览的第二幅漫画作品。我还要画第三幅、第四幅，画出一个漫画系列，主角是我，我在小学生活的河流里乱扑腾……

　　我喜欢自己的生活，喜欢生活里充满了漫画色彩。

五

爸，咱俩聊聊

爸爸背上的那个疤，绝对是爸爸的隐私，也是妈妈的隐私。我判断，妈妈是爸爸背上隐私的保护者。一开始，我试图让妈妈告诉我爸爸背上那块疤的来历，妈妈的嘴很严，像银行灌铅的金属大门。

每天早晨，爸爸上完卫生间，我都不敢去，太臭。但是，我又不能赶在爸爸解手之前去卫生间。我起床晚，总也睡不够。没有一个孩子能在爸爸妈妈起床前睁开眼的。

我跟爸爸和妈妈提出过一个建议："咱们一家三口人，上卫生间，应该把时间规定下来。就像上课铃一样，该上课就上课，该下课就下课！因为爸爸去卫生间，就是放了一个毒气弹，让别人没法再进去……"

妈妈像是对我的意见有兴趣："烦烦，你的意思是……"

"我的意思很简单，爸爸最后一个去卫生间！"

妈妈说："行啊！"

我和妈妈都是受害者，妈妈保持沉默，也是同意我的感受。这次，妈妈公开支持我的建议了。

爸爸说："逼着我给卫生间换一个强力的排气扇？"爸爸听到我的反对声很久了，他一直在敷衍，看来，换一个强力排气扇他早就想到了。

我说："换个最大的！"

爸爸想继续拖延，不想换排气扇，他竟然把这件事情作为我的弱点："烦，你连卫生间的味道都受不了，还能干什么大事？"

我反问道："能忍受臭味就能干大事？"

妈妈说："换一个排气扇吧！"

过了一个多星期，爸爸也没换卫生间的排气扇。我和妈妈还是卫生间的受害者。我再次认真地跟爸爸说换排气扇这件事时，爸爸一副得过且过的样子："你还真要换排气扇啊？"

我说："不是我要换排气扇，是我和妈妈要换排气扇！"

爸爸站在厨房门前，问妈妈："非要换卫生间的排气扇？"

妈妈说："换吧！"

爸爸开始嘟嘟囔囔。他觉得我多事，就是不想换。

我对爸爸说："我看过一本书，书上写，一个人排便太臭，说明他心里积存的隐私太多太多，所以……所以，这是一个大问题！"

"你看的哪本书？"爸爸问我。

我从爸爸的口气中听出，他想挑战我说的"那本书"。我说："哪本书我忘了！但是，我觉得那本书说得有道理……"

"你甭想蒙混过关！哪本书？"

"忘了！"

"你一个五年级学生会博览群书？读过的书肯定有限。你这个年纪记忆力是最好的，会对你读过的书，连书名都记不住？是你自己写的书吧？"

我抛掉了根本不存在的"那本书"，不想跟爸爸绕圈子了："是我说的！"爸爸说："让我换一个排气扇，用不着拿一本书来逼我！"

我突然说道："你也太不尊重我了！我说了多少次换排气扇了？妈妈也同意换，你换了吗？你自己的味道自己不嫌，我们是受害者啊！你要是尊重妈妈、尊重我，你就该第三个进卫生间！你早就该换排气扇了！今天拖明天，明天拖后天，像个不求上进的懒汉做的事！"我越说越激动，像是进入了一种演讲状态。不，不是演讲，是控诉！

厨房里传出妈妈的大笑声，紧跟着像是勺子掉在地上摔碎的声音。我和爸爸匆忙跑进厨房，看见妈妈一只手捂着自己的嘴，一只手指着爸爸，笑得说不出话来。

第二天放学回家，我发现卫生间里的排气扇换了。

吃饭时，我开始表扬爸爸："我喜欢新的排气扇，我试了一下，它的劲很大，能迅速排掉卫生间里的空气，还没有噪声。爸，这排气扇挺好的！"

爸爸说："闭嘴！"

我一愣，没想到热脸贴了冷屁股。妈妈像是理解爸爸的内心，还是偷偷地乐了一下。我吃饭吃到一半时，才慢慢理解爸爸为什么不开心。因为换排气扇的整个过程，爸爸是被动的，是一个犯错人的无奈之举。

爸爸不开心的脸很难看。

吃完饭，妈妈在厨房洗碗筷，爸爸在喝茶。我跟爸爸说："爸，咱俩聊聊？"

爸爸听了，用奇怪的眼神看着我，像是跟我说："咱俩有什么可聊的？"他嘴里喝进了茶叶，他用力地嚼，像嚼一块带筋的肉，也不咽，也不吐，一副凶巴巴的别人对不起他的样子。

"爸，咱俩聊聊！"

"聊什么？"

爸爸这口气，还是常见的东北父子关系。儿子挨老子骂、挨老子打，都要闭眼忍受着。不顶嘴，不反抗。

我坚持要跟爸爸聊天："像朋友那样！"

"你是我儿子！"

"爸，这不用明确，我知道自己的辈分！"

爸爸还没答话，妈妈替我解围了："烦烦说的是现代父子关系！是这个意思吧，烦烦？"

我冲妈妈竖起拇指。

爸爸将嘴巴里的茶叶使劲咽下去了，让我觉得，爸爸像是在费力咽下一块肉，从我身上刚刚啃下的一块肉。

"你想说什么？"

"正常地说说话……"

"我已经对你很正常了！"

我想跟爸爸聊聊的兴趣，被爸爸赶尽杀绝了。

一个上五年级的儿子，想跟自己的父亲正常聊天是奢望。有点像我送给爸爸一件真诚的礼物，爸爸接过包装盒子，非要拿着消毒液喷一喷。但是，我还是想让爸爸看见我跟他之间的平等。我披着浑身的尘土，已经急匆匆走在了跟父亲寻求平等的泥泞路上。

平等是一座刚刚修建的桥，我站在这边，父亲站在对岸，我们只需从两头走上桥，就能在桥上见面。但是，但是，但是啊……中国的孩子们，尤其是男孩子们，在父亲面前大多数放弃了修建那座桥。

爸爸见我没话了，以占领者的心态，继续喝茶。

我看着他，心想，他除了简单和鲁莽，还是鲁莽和简单。面对这样的父亲，我要有一种小狼挑战大狼，被咬得遍体鳞伤的牺牲精神。

我是一个五年级的学生了，一个男人！

"爸，咱俩聊聊吧！"

"滚！"

听到这个脏字，我知道自己为什么爱说脏字了。我意外地找到了自己爱说脏字的源头。我笑起来。

"你笑什么？"爸爸不想让我笑。因为他骂我滚时，他是严肃的。我被骂时，应该是夹着尾巴，一副灰溜溜的样子才对。我却不合时宜地笑起来。

我说："我想笑！"

我转身要回自己房间时，爸爸突然说道："你等等，我要跟你聊聊！"我拒绝了爸爸："我现在不想聊了！"

这一次，轮到妈妈笑了。

过了一会儿，等妈妈推开她卧室的门时，叫了一声："你光着背，像狗熊一样蹭什么？"

　　我跑过去想看热闹，爸爸慌忙穿上衣服。他刚才把背靠在柜子角上，左右上下地蹭，动作挺有难度。

　　爸爸背上的那块疤又痒了。

六

安全岛

我吃饱喝足了，全副武装地去挤公
共汽车。天真的冷了，没有雪，没有风，
就是冷。真正的冷天是看不见的，不动
声色的。前面的礼仪站永远有一堆等
108 路车等得不耐烦的乘客，他们跺着
脚，伸长脖子朝 108 路汽车驶来的方向
遥望。

我喜欢背着双肩包，追 108 路公共
汽车时的感觉。我冲它吼一声，它的门
开了，我跳上去，站稳了脚，才去掏口

袋里的公交卡。汽车开动时，我看见有人跑得慢，有人放弃了追赶，被遗弃在车站上。

在礼仪站没有赶上108路车的人堆里，我突然看见了那个短发女生。我下意识地喊道："我要下车！"

车停住了，司机大声问我："喊什么，怎么了？"

我说："东西掉了！"

"掉了东西就捡起来，突然喊什么？"司机吼道。他是被我刚才的叫声惊住了。

我说："掉礼仪站了！"

车门哗啦一声开了，传来司机不满的声音："快点下去！"我跳下了车，朝礼仪站跑去。

因为校服一样，短发女生看见了我。但是，她左右看了看，不明白我为什么从另一个方向跑过来。我不能告诉她我刚才已经上了108路公交车了，因为看见了她，就喊了一声，让公交车停下来了。

我是为了要跟短发女生一起乘车吗？

短发女生用一个眼神跟我打了招呼。我也用一个眼神回应了她。

下一辆 108 路车来了,从紧闭的车窗上,就能看见车厢里面已经人满为患。车下等车的人看得清楚,脸上都带着焦虑朝车门挤去。

108 路公交车的肚皮真大,把等车的人都吞了下去。我把自己想象成了巨兽胃里的一块鸡肉,而挨着我的短发女生,就像巨兽肚皮里的一棵菠菜。我笑起来,为自己的联想笑起来。短发女生看见我的笑,她以为我是被车上的人挤笑了。所以,她冲我也笑了一下,好像跟我说:"天天被人挤来挤去,很正常啊!"

早上是上班上学的高峰时间,上车的人永远比下车的人多几倍。车停下,再挤上车的人,让我的脚在一瞬间离地了,身体悬空了。短发女生离我远了,被人流挤到一边去了。因为脚离开了地面,我又独自笑起来。

车再停下时,三四个人下车,又挤进六七个人。我的位置又变了,离车窗近了。我突然想起来,这是短发女生给我的脑袋留下一个空间,躲过灾害的位置。我回头找她,想知道她此刻被挤到哪里去了。

没有,没看见她。

这时，我觉得有人在我身后笑了一声。我使劲回头，看见短发女生被挤到我身后去了。我感到神奇，她刚才的笑肯定是没有声音的，我怎么能感觉到她在我身后笑了？

"你能挤到我前面来吗？"我跟她说。

我挣扎了一下，收紧肚子，想给她营造一个通道。没想到，短发女生感觉到我的行为了，她一侧身，像一只猫一样挤到我前面。

我不由得伸出两只手臂，撑住了车窗，把她固定在我的双臂之间。别人碰不到她了。我说："没事了！"其实，我想说的是："你现在安全了！"

此刻，这么近的距离，才让我觉得她个子很矮。她看看我横在她脑袋两边的胳膊，说了一句："安全岛！"

我觉得很自豪。

因为自豪，我努力保持着这个姿势。

短发女生和我有一站路的时间没再说话。我觉得该跟她说点什么，不说话，有点别扭。于是我问她："你是四年级几班的？"

"你猜！"

"这怎么猜？"

"先猜年级！"

我一愣，猛然清醒了一点："你是三年级的？"

她又笑了。

"猜对了？"

她却说："再猜！"

"你，你……不会是二年级的吧？"

她笑得很神秘："二年级一班，我叫陈影！"

"你真的是二年级的啊？"

"不像吗？"

我想告诉她，我去学校的四楼找过她，还去过三楼找过她，却怎么也想不到她竟然是二年级的学生。

我说："我没想到！"

"你没想到什么？"

"没想到你这么小，给人的感觉，你最小也该是四年级学生了！"

"我觉得自己是大人了！"

她的话大大出乎我的意料，我问她："为什么？"

"因为我什么都能做！"

"什么都能做？什么意思？你能做什么？"

"我会开我们家的洗衣机，会洗全家人的被褥和衣服！会买菜做饭！会照顾弟弟，他比我小两岁，快上马街小学一年级了。我爸我妈说，将来弟弟上了小学，把弟弟就全交给我了！"

她一口气说下来，像是捧给我一道没煮熟的菜。我咽不下去，也无法消化："你等等……"

她抬头看着我，不明白我说的等等，让她等什么。

"你能做这些事，你爸爸和妈妈什么都不做吗？"

"我爸我妈比我更累，他们天天要出早市，很早就要出门了。"

"你爸你妈卖东西吗？"

"对啊，卖东西！"

"卖什么？"

"什么挣钱就卖什么！"

我没有话要问她了。面前的这个二年级短发女生，她的家庭和她的生活是我完全陌生的。她要做那么多的事情。

我抬头看了一眼天上，有片云像个饼，就突然问她："你吃过比萨吗？"

她说："听同学们说过！"

"那，去过避风塘吗？"

"避风塘？也听同学说过，里面有很多好吃的吧？"

我有点伤感地说："有好多……"我要是说出很多好吃的东西，她会开心吗？能开心吗？

"有什么好吃的？你可以跟我说说吗？"

"说说？"

"对啊，说具体点，我可以学着做给我弟弟吃！"

我把头转向车窗外，车的速度并不快，可外面的人和物都变得模糊起来。

车快要到马街小学站了。

我突然问她："你还没问过我叫什么呢！"

她笑起来："你是五年级二班的，叫樊冰！"

我觉得好奇怪："我记得没跟你做自我介绍啊！"

"我看过你们踢球！"

我知道了。原来我在马街小学踢球的影响力不仅仅是四、五年级，已经影响到二年级了。说到足球，我有些兴奋："你们二年级的学生，怎么会注意到我踢球的？我踢球时，很少踢进球门啊。"

"你是后卫，经常把对方队员绊倒。有人说你是坦克，有人说你是抢险队员。我说你是……"

"是什么？"我很焦急，特别想知道我在短发女生眼中是什么形象。

"魔鬼！"

"怎么会是魔鬼？没有比这个名字好听点的名称吗？"

"没有……"她摇着头。

马街小学站到了。我伸出的双臂从车窗上收回，有点麻了。我的两只手活动了一下，握了握拳头。

她看见了，盯着我的手说道："谢谢安全岛！"

我的心热热的、暖暖的，原来酸和累也会让人幸福。

七

马青才四岁

柳馨老师的儿子叫马青，才四岁。他在马街小学旁边的马街天宇幼儿园上小班。柳馨老师家的保姆因为有事，不能来接马青，柳馨老师就临时提前把儿子带到我们学校，领到我们班上了。

我们班的女同学看见马青，好几个都围了上去，逗他玩。

"你叫什么？"不知道他名字的女同学热情地询问。

他不说话。我在一边看着，发现他

根本就不想回答，他对这个教室和教室里的人，一点兴趣都没有。

柳馨老师觉得儿子不说话有失礼貌，就代儿子回答："告诉姐姐，你叫马青！"

马青就是不说话。

柳馨老师像是儿子的解说员："马青四岁了！现在还看不出他的特长，所以让他学学音乐，学学画画，做智力题……"

我也是第一次见到马青。他长得圆乎乎的，嘴巴也肉乎乎的，朝外嘟嘟着，没生气也像是在生气。

柳馨老师喊我们班学国画的女同学张白："张白，你领马青玩吧，让他看你画画！"

张白答应着，伸手去拉马青。马青不把自己的手递给张白，还下意识地把手藏到身后。柳馨老师又说话了："马青，去跟张白姐姐学画画，张白姐姐的国画很棒，每年都在学校绘画书法展览中获一等奖！"

马青抬眼看了一下张白，嘴巴还是嘟嘟着，像是在生气的样子。

我看出来，马青是真生气了。

张白伸手去拉马青藏在身后的两只手，马青扭动着身体躲闪张白的手。我说："别勉强他了，再强迫他，他会骂人的！"

柳馨老师看了我一眼，对儿子说："我家马青还没学会说脏字呐！是不是？"我听出这句话是说给我听的。我后退了几步，坐回到自己座位上，做自己的事。

马青跟着张白坐到了一起，马青和张白各自画画，教室里也安静了很多。柳馨老师坐在讲台的椅子上，一边备课，一边抬头看一眼儿子和张白。

我总觉得柳馨老师的儿子会出事。

果然出事了。

说马青出事，是因为他开口说了脏字，他在开口说脏字之前，柳馨老师还清楚地告诉教室里的所有人，她的儿子还没学会骂人。

"臭姐姐！谁叫你改我的画？臭姐姐！你把我的画改坏了！臭姐姐！"马青把一支画笔像握匕首一样握在手里，用力戳着自己的画，他觉得自己的画刚刚被张白姐姐破坏了，他索性判处了自己这张画死刑。

张白有点不知所措地站在那里，看看马青，又看看柳馨老师，一脸的惊慌。

"不许骂人！"柳馨老师奔过去，把马青手里的"匕首"夺下来，"你跟谁学会骂人了？嗯？跟谁学的？"

我凑近了一点，看见马青画了一个很像犀牛的动物，他给这头犀牛画了一对翅膀，像是一头准备起飞的犀牛，但是被张白改掉了翅膀，换上了一对梅花一样的牛角。

我心里"哦哦"地惋惜起来，为马青的幻想被轻易地篡改而惋惜。原本是一对预备在云中挥舞的翅膀，偏偏被张白变成了一对拱动物粪便的牛角。

其实，马青从进到我们教室开始，就已经不开心了。现在，他的坏情绪达到了顶点，自己的画被人破坏了，又遭到妈妈的呵斥，才四岁的马青经历了他人生的低谷。

他开始扯着嗓子哭，开始撕扯自己的画。

有一个女生把一块巧克力塞在马青手里，马青接住了，低头一看，不是什么惊喜。巧克力根本就不能治愈悲伤的情绪，他顺手就扔了，哭声继续……

我和五年级二班的同学，第一次感到柳馨老师用呵斥解决不了问题。她也显得慌乱，不知道该怎么面对儿子的疯狂发泄。

柳馨老师四下里环顾，想找一个办法安抚马青。

我把脚伸到自己的座位下，把足球撵出来，用脚一钩，球升到半空里，我用手接住，对马青说："想跟我踢球去吗？"

马青的嘴巴停止了悲伤的工作，眼睛盯着我手里的球。

我再次发出邀请："走吧，跟我踢球去！"

马青扒拉开挡住他的张白，扒拉开柳馨老师想阻挡他的手，朝我走来，站到我面前："就我俩踢！"

我马上明白他的意思，他担心人多了他抢不到球。我跟马青说："足球是十一个人踢的，不是两个人踢的。今天，咱还是十一个人踢，你站在中间，我们十个人围着你，把球传给你，你传给我们十个人。"

马青听懂了，也知道了他的重要，他破涕为笑。

我叫了一声班上的足球队员，对他们说："今天，我们要训练一个出色的中锋！"我们簇拥着去了操场，围成一圈，马青站在中央，像只蜘蛛，我们像他吐出的丝。传球的速度越来越快，马青也越来越熟练，他兴奋地编织着脚下的蜘蛛网，他把自己变成了一只热情的蜘蛛。

我回头看了一眼五楼的教室窗户，发现我们五年级二班的几扇窗户前，挤着很多的头和脸。

……

我是从别的同学嘴里知道，那天下午跟马青做完踢球游戏之后，马青天天跟柳馨老师吵着要来找我。

柳馨老师问他："你找他是为了踢球吗？"

马青说："我就想踢球！"

柳馨老师家的保姆回来了，能按时接送马青了。柳馨老师也没有再把马青带到我们五年级二班。

有一次，我还主动问过柳馨老师："马青不想来踢球吗？"

柳馨老师思索了一下，才跟我有点艰难地说："他没时间了，要学画画，钢琴也要弹，好多事情要做！"

我突然对柳馨老师的话很反感，又不知道该怎么反驳她。所以，我转身对班上的足球队员说："有时间的去踢踢球，我有个战术想告诉你们！"我拿着足球一走，后面跟着一大群男生，包括不是班上足球队员的同学。我回头一看，教室里走空了一半。

我不去看柳馨老师的表情，也能猜到她是什么脸色。

八

最早帮家里做过什么事

礼仪站前面的路上突然结了一层很厚的冰。原来是地下的水管在半夜里裂开，水喷了出来。

城市抢修人员穿着耀眼的黄色服装，用同样颜色的硬塑围栏把漏水处圈了起来。礼仪站上贴了临时通告：

本站的 106 路、108 路、302 路车，因为路面抢修，暂时迁往安家街站和分步街站。

我知道安家街站和分步街站在礼仪站的前后。我知道从礼仪站到安家街站更近一点。

二年级的陈影不一定知道安家街站更近。我等在礼仪站，等陈影来，告诉她去安家街站等车更近一些。

陆续来等车的人看见了通告，失望地离去。

我没等到短发陈影。

"她是不是先到了礼仪站，已经看见了通告，早去了安家街站或是分步街站？"我这样想着，朝安家街站跑去。

来了一辆108路车，我挤了上去。

我不知道她会不会在车上。我就在拥挤的车厢里找她。有个高大的男人垂着头瞪我，终于忍不住大声吼道："小孩儿，别挤了！你在挤什么？再挤，你自己就扁了！"他的胡碴子脸很吓人。

我不敢动了。一只脚还没落地，找不到地方放下，就悬着。但我的眼睛还在车厢里的人缝中找她。

在学校，我去了二楼的二年级一班找陈影。

二年级一班教室里仍旧没有陈影。我双手扒着门朝里看，班主任郑圆圆老师坐在讲台前的椅子上，抬头问我："你找谁？我看你站在门口好半天了，有什么事吗？你是五年级学生吧？"

我问："陈影同学来了吗？"

"没来，她今天请假了！"

"她家里有事？"

"对，她说家里有事情！"

我心里想，她还那么小，才二年级，在家里要做那么多事情，肯定很多事情做不完的。我转身要走时，郑圆圆老师问我："你找陈影有事？"

"有事！"

"能跟我说吗？等她来上学，我转告她！"

我说："不用了老师，我跟她一起从礼仪站乘108路车来上学的……"

郑圆圆老师点着头说："哦，是这样啊！她家里有事，她请了两天假。"我转身走了，脑子里全是第一次见到短发女生的情景：她把头吃力地偏向车窗，给我的头留下一个空间，好躲避"灾难"。

我转身跑回二年级一班教室，用手扒着教室门，问郑圆圆老师："老师，陈影为什么请假？"

"她弟弟病了，需要她照顾！"

"她爸爸和妈妈……"我不再问了，我想起她告诉过我，她的爸爸和妈妈每天要在天不亮的时候出早市，什么挣钱就卖什么，已经把弟弟交给陈影了。

第二天早上，我去车站等车。

礼仪站的黄色围栏被拆除了，漏水点已抢修好，路面上隆起的冰丘陵被清理掉了。108 路车恢复行驶。

我放过了一辆 108 路车，心里知道今天是短发的陈影请假的第二天，她不去上学，也不会到这个车站乘车。但是，我还是想等等她。

……

那天放学回家后，我问妈妈："妈，你是什么时候学会帮家里干活的？"

妈妈先是吃惊地反问我："烦烦，妈妈什么事情没做好？"

我说："你做得都挺好啊！"

"那你为什么这么问我？"

"我想知道妈妈多大的时候开始帮助家里做事的。"

"我很早就做事了！"妈妈说这句话时，自信满满。

"妈妈都做过什么事？"

"十七岁那年，我就学会了自己洗袜子，看见你姥姥拎着菜回家，我会帮着把菜接过来，放进厨房！"

"十七岁？"

"对啊！十七岁！"

"再早点呢？"

"再早点？"

"对啊，十七岁之前，妈妈做过什么事情？"

我眼巴巴地等着妈妈说些重要的事，说些有分量的事，说些能说服她自己也能说服我的事情。但是，妈妈不说了。

我问道："没了？"

"这还不行吗？有，我也想不起来了！"

"十七岁才学会自己洗袜子，才知道帮着姥姥拎菜？"

"你怎么想起问这个？你好像今天要批评妈妈上高中的时候……"

"照妈妈说的推理，妈妈十七岁之前，一直都是姥姥和姥爷在伺候你？"

"是啊！怎么了？我一直在上学，忙得什么也做不了！"

我问正在愤愤不平的妈妈："妈，一个小学的女学生，每天要做饭洗衣服，还要带着弟弟，还要上学，她是怎么做到的？"

"谁？"

"是谁你别管，一个女学生！"

"她没有爸爸和妈妈吗？"

"有，爸爸妈妈上班，把这些事都交给她了！"

"按理说，一个女孩子大了，该做些事情了！"

我突然生气了，不知道在生谁的气："可她才上小学二年级！"

"你怎么发火了？她是谁啊？"

"我们马街小学的！"

"哦，一个学校的……她还真的不容易，才这么小……"

我问妈妈："妈，如果是你，才上二年级，要做那么多事情，你会怎样？"

妈妈像是试探我的看法："你说，我会怎样？"

"你会天天哭吗？"

"我不会！"

"你不会？"我摇着头说，"我可不信！你十七岁洗个袜子都要跟我炫耀，我想让你跟我说点别的，你都说不出来！遇到这些事情，你不但会天天抹眼泪，还指不定做出什么事情来呢。"

妈妈像是突然明白我谈话的用意，生气地问："你在埋怨妈妈小时候懂事太晚吗？"

我说："妈妈误解我了，我没埋怨妈妈的过去。这可是你自己说的！"

……

爸爸下班后一直在看电视，他可没兴趣听我和妈妈聊天。当听见妈妈的语气变了时，觉得我惹妈妈生气了，他才参与了进来："你们俩吵架了？"

我说："没吵，只是问妈妈小时候的事！"

爸爸转头对着妈妈说："烦问你，你就如实说，怎么还吵起来了？"

妈妈对着爸爸开口说话，像是刚刚射出子弹的枪管，还冒着缕缕蓝烟："你知道你儿子跟我聊什么吗？"

"聊什么？"

妈妈对我说："你跟你爸说！"

爸爸盯着我，以为我要引爆一颗原子弹。

"我问我妈她最早的时候帮家里做过什么事情。"

"这没什么啊！怎么会吵起来，把你气成这样？"爸爸
觉得妈妈反应过激，在儿子面前有失稳重。

妈妈突然把枪口对准了爸爸："我问你，你最早帮家里
做事，是什么时候？"爸爸一时无语。

妈妈冷笑道："没话说了？当着儿子的面没话说了？你想不起来，我帮你想！就说说你背上的那块疤吧！"

爸爸一听，像兔子见到天空中鹰的黑影，扭头就钻进卧室了。

我的兴致被妈妈的话勾出来了："爸，你背上的那块疤到底是怎么回事？今天是个机会，就跟我说说吧！"

这时，妈妈进了厨房，把厨房的玻璃门也拉上了。

客厅里剩下我一个人。我看着厨房和爸妈卧室的门，它们一个长相，都是长长的脸，没有表情。我不知道门里的人，是真的厌烦这个叫烦和烦烦的男孩子，还是他们面对他的问题时，仓皇地逃跑了。

我笑起来。

第二天，发生了一件事。我们班上一个蔫头蔫脑的，叫吴伟的男生，偷偷刷了他妈妈手机里的钱，买了游戏卡，连续刷走很多钱。被他妈发现时，刷走的钱数让我听了都感到吓人。吴伟还嘴硬，拒不承认。结果就被他爸揍了。他的嘴巴最终没有抵过他爸的拳头硬。他上课时的情绪和状态肯定不佳，他的屁股不装假，一挨椅子就龇牙咧嘴。很多人见状，都挺同情他。不知道为什么，在他又哼唧了几声之后，我冲他说了一句："你活该！"

吴伟愣怔着眼睛看我，旁边几个同学也瞪着我，不理解我为什么突然发火。

我对吴伟说："我要是你爸，把你揍成傻子，再也看不懂手机！"

当时，我突然联想到了陈影。

九

偶像

我和同学之间聊偶像话题都聊烂了，因为我们都到了寻找自己的偶像的年龄。有的同学对自己的偶像更换得太频繁，有的同学选择别人的偶像做偶像，别人说偶像是某某某，他会立即说："对，他也是我的偶像！"有的同学却对你说："我的偶像？我的偶像为什么要告诉你！"

这种在心里收藏一段时间的偶像，才算是偶像吧？

每次热议偶像，我都有点发蒙。

我不知道自己的偶像是谁。

……

我在礼仪站等车。这是短发陈影没去学校上课的第三天，今天她的假已结束，她该去上学了。礼仪站上的人都站在雨搭外面，因为雨搭下面的阴影里冬天会更冷。刚刚出来的太阳光是橘黄色的，让车站雨搭下面的阴影越变越小。每个人身上的衣服都在吸吮晨光，让皮肤感到暖意。

我看见短发陈影背着粉色双肩包跑过来。我笑着欢迎她。她对我说："我两天都没上学了！"我说："我知道！"

短发陈影惊讶地看着我："我请假，你怎么知道？我没跟你说过我请假的事情！"

我没跟她说去学校的二楼找过她，是她的班主任郑圆圆老师告诉我的。我说："你两天都没来坐车，估计你家里有事了！"

陈影还是一脸的惊讶。

我解释道："你跟我说过，你有弟弟，你爸爸妈妈出早市，你会做饭洗衣照看弟弟……"

她笑了："我嘴巴这么快，家里的事情都跟你说了……"
她可能刚才跑得太急，出汗了，把一顶粉色绒线帽子摘下来。
我发现，她这两天又把自己的头发剪了一下，剪得更短了，
头发都短短地贴在头上。

"你的头发本来够短了，怎么剪得更短了？"

她捋了一下自己的短发："剪短了，就不用管它了！再说，
我哪里有时间管它啊？"

我说："你还喜欢粉色！"

"你怎么知道？"

"你的包是粉色的，帽子也是粉色的！"

"猜对了！"

"这不用猜！"

108 路车来了，我们挤上车，一路上没再说话。到了马
街小学站，我们下了车，陈影远远就看见了她同班的女同学，
女同学张开两只要起飞的胳膊，大喊大叫着扑向陈影："你
终于来上学了！"

我站在那里，看见两个女生在拥抱。短发的陈影跟冲上
来的女生相拥到一起时，陈影是被那个比她高出半个头的女

生抱在怀里的，她像是依偎在女同学的怀里，此刻的她，显得那么小，那么需要别人的照顾，需要别人的怀抱。

她是二年级的小女生。她年纪那么小，该是被人呵护的年龄啊！

陈影没忘记我这个同行者，她跟女同学亲热之后，摘下粉色帽子，回头跟我扬了一下手臂。

粉色的帽子在空中竟然留下了粉色的幻影。它没有立即在冬日的空气中像雪花那样融化消失。

一瞬间，我觉得自己有了偶像。偶像是二年级一班的短发女生陈影。我想，偶像就该是自己心里佩服的人吧？

……

那天下午的第二节课，大家对偶像的话题升级了。原来，对于一个五年级的学生来说，偶像早在每个同学心里出现，并强势进入了我们的生活。

是女生张白先问柳馨老师的："柳老师，您有偶像吗？偶像是谁？"

我猜柳馨老师不好回答这个问题，她有了自己的儿子，三十多岁了，肯定有不止一个或两个的偶像。

柳馨老师想了半天，才说道："好多啊！"

"在您心里，待的时间最长的是谁？"肖翌问道。

柳馨老师一听，女生和男生都对这个话题有兴趣，突然就有了一个主意："好吧，你们这么关心这件事，利用十分钟，都坐下来，把自己的偶像写在一张纸条上，交给我，把你们的偶像做个汇总！"

这件事情让大家很感兴趣。

大家都埋头写下自己心中的偶像，陆续交到柳馨老师的手上。我看见柳馨老师看着手里的一张张纸条，有时笑一下，有时皱眉，有时还歪着头，像是不认识纸条上的人……

最后一个写完的同学把纸条交给了柳馨老师。

"你们想听听你们的偶像都是谁吗？"

同学们都点着头，兴奋得像是会有礼花在讲台上爆响。

"樱桃小丸子！"

柳馨老师刚念出第一个偶像名字，同学们就开始笑了。柳馨老师问："樱桃小丸子是谁的偶像？"

一个叫程晓怡的女同学胆怯地举了一下手。

"说一下，为什么樱桃小丸子会成为你的偶像？老师和同学们都想知道！"

程晓怡不好意思地说："小丸子比我的缺点多得多，但是，她很知足！也好像很幸福……"

柳馨老师点着头说："有点意思！"

有的男同学着急了："老师，快念下一个！"

"世界银行行长！"

同学们又开始笑了。

"这是哪一个写的？"

没人举手。

柳馨老师说："这位同学肯定不好意思举手！我想，他准是个大财迷！"

"老师，念下一个！"有人又催促道。

"陈影！"

没人笑了。同学们和柳馨老师一起在猜陈影是谁，大家肯定在自己所知道的演艺明星、体育明星中搜索，他们搜索不到，都开始四下里看，好像这个叫陈影的人在别人的脸上。

"是网络新歌手吗？她唱过什么？"

"没听说过啊！"

"是个冷门运动员吗？"

"跳蹦床的？"

同学们你一句我一句地猜了一会儿，柳馨老师举着纸条问："这是谁写的？"

我举起手。

"陈影是谁？"柳馨老师问。

我说："马街小学二年级一班女学生！"

"她是你的偶像？"

我说："我的偶像！"

"为什么？"

我说："她在家洗衣做饭，照顾弟弟！"

柳馨老师看着我，像是在审核我的偶像标准。我以为柳馨老师和同学们没听懂，重复了一遍："她天天洗衣服、做饭，照顾弟弟！"

柳馨老师点了点头。我发现，柳馨老师在念出一个一个同学的偶像时，大多有笑声。没有出现笑声的屈指可数。陈影的名字，大家没笑。

……

下午快放学时，柳馨老师把儿子马青领到我们班。我在卫生间还没出来，贾非来找我："柳馨老师的儿子马青找你！"

"马青找我？"

进了教室门，马青就扑过来，抱着我的腿，仰着他圆乎乎的脸，嘟噜着圆乎乎的嘴巴："踢球去，踢球去！"

柳馨老师说："樊冰啊，你是我儿子的偶像！不是我拦着他、哄着他，他天天吵着要找你！"

我笑起来："原来偶像这么容易就能当上！"

马青问我们："偶像是什么？"

贾非指着我对马青说："他就是偶像！"

马青看着我，有点迷惑。因为上次跟他一起踢球时，我告诉过他："我叫樊冰！"马青就叫我冰哥哥了。

柳馨老师批评贾非："别对我的儿子提什么偶像，他才多大，懂什么是偶像！别给他带歪了！"

贾非不好意思起来。

我觉得，贾非说我是马青的偶像，柳馨老师在心里是不情愿的，我在她心目中，一直不够完美，也不可能完美。

我真的不在乎柳馨老师怎么想的，对马青说："踢球去？"

马青说："踢球去！"我走在前面，四岁的马青像根小尾巴跟在我屁股后面。

我听见柳馨老师喊张白："你也跟着去！"

"您让我去踢球？我一个女生……"

柳馨老师说："你去看着！他们踢一会儿，你就把马青领回来！"

柳馨老师还是不放心我，担心我带坏马青。

十

天很冷

十二月三十一日——一年的最后一天，像是要给人留下一个非同寻常的印象。天特别冷。等在礼仪站的乘客都把手插在羽绒服或大衣的口袋里，跺着脚，等着公共汽车的到来。

我在等车时，发现一个中年男人的目光从他的羽绒服的帽子里透出来，盯着我看。我朝身后看看，没有别人，他就是在看我。他脚蹬一双很少见的，冬天都很少有人穿的旧皮靴子，皮靴的头原本是黑色的，磨秃了，露出皮的棕色骨头。

中年男人的目光很不友好。说他有敌意，不合理，因为他没有理由跟我有敌意。起码，他盯着我看的眼光是挑剔的，像是盯着一个光滑的红苹果，却非要找到一个黑色的虫眼。

我把视线从天上转到地上，再去观察那个中年男人时，又跟他的目光撞在一起。我在想，我从没见过这个人啊。

106 路车来了，一些人朝敞开的车门拥去。这个一直盯着我的男人没动，看来，他不坐 106 路车。不一会儿，302 路车来了，这个男人还是站在那里不动，不上车，眼睛直直地盯着我。我想，这个男人肯定跟我一样，是坐 108 路车的。

108 路车来了，我上了车。等车开动时，我透过车窗，看见那个一直盯着我看的中年男人还站在站台上，眼睛在车窗上扫过，像是要透过车窗继续寻找我。

我很不安！他是谁啊？我从缓慢驶离礼仪站的汽车窗口，看见那个穿着旧皮靴的男人还站在那里，目送着我乘坐的车。

学校的第二节课间操结束时，我找到了短发陈影，问她早上什么时间坐 108 路车来学校的，为什么没看见她。

"今天早上，是我爸送我去车站的，他说，他是顺路！"

"哦，我说为什么没见到你！"

陈影突然想起了一件事，有点不好意思地跟我说："前几天，我写了一篇作文，写的是你……"

"是吗？写我了？我有什么好写的？要写，你该写写你自己啊！你为家里做了那么多的事情！"

"我自己才没什么好写的……"

"那你写我，有什么好写的？"

"一起坐108路公共汽车啊！"她笑起来，挺灿烂的。

自己被一个女生写进作文，我心里很开心。我回到教室，心里会莫名其妙地冒出早上遇到的那个中年男人，还有他脚上的那双现在的人很少穿的旧皮靴。他为什么非要穿笨重得只有熊才会穿的大皮靴？

……

当天晚餐很丰盛。餐桌上已摆满了菜，妈妈还在厨房里忙着做菜。爸爸把酒杯拿来，开了一瓶红酒，在我面前摆了酸奶。

爸爸端起酒杯说："现在是六点钟，离新的一年的到来，还有六个小时，不，还有五小时五十八分！"他看着表，显得异常兴奋。

妈妈说："我们一家三口，都端起杯来！"

我问道："今天是怎么了？"

"什么怎么了？"妈妈觉得我这样问，有点不合时宜。

我说："过去，咱家吃饭可没这样隆重！"

爸爸说："喜事！"

"什么喜事？"

妈妈替爸爸发表贺词："烦烦，你爸的公司，今年收益不错，比往年都要好！算不算喜事？"

我说："祝贺爸爸发财！"

妈妈说："是我们全家人发财！"

我说："妈妈辛苦，做了一年的饭，让我又长了三厘米！"

妈妈笑起来："烦烦说的话让我高兴，知道妈妈辛苦了！"

爸爸把手里的酒杯朝我扬了一下，问道："烦，你有喜事吗？"妈妈也看着我，很期待的样子。

我想了想，有点不好意思地说道："有人，有人把我……"

"有人把你怎么了？"

"有人把我写进了作文，算不算喜事？"

爸爸和妈妈相互看了一下，爸爸先是警惕地问："把你写进了作文？是把你当反面人物写的，还是正面人物写的？"

我说："我不知道，没看过这篇作文，只是听人说的！"

爸爸把酒杯放在桌上："你都不知道写的是什么，这算什么喜事啊！我说我的公司可能挣钱了，这算是挣钱了吗？"

妈妈没有爸爸那么武断，她笑着问我："说说，写你什么了？怎么写的你？"

"我真不知道！"

……

元旦过后的四号，假期结束了，我们照常去学校上课。冬日的太阳过了节，忠于职守地按时上班。礼仪站的灰色雨搭上的积雪，像被阳光涂抹了一层奶油，远远地看上去，礼仪站像是一份温馨的早餐。

我看见了短发陈影的粉色双肩包和她头顶上的粉色帽子。我一边朝站台跑过去，一边向她举起手来。

她明明看见了我，却没举手，很反常。她抬起头来，看了一眼身边的一个男人。我一下子就站住了，因为我认出那个男人就是穿着大皮靴，一直盯着我，让我猜测了很久又很不安的人。

那个男人看见我，眼光就没再离开过。

108 路车来了，我上了车。但是，我发现短发陈影并没有上车，她的一只手被那个中年男人握着，站在那里，在等下一趟 108 路公共汽车。

他是陈影的爸爸！我判断。她爸爸不想让陈影跟我坐同一辆公共汽车。这样想着，我突然难过起来，特别特别难过。在我难过的记忆里，这是最难过的一次。我在公共汽车上默默地哭了。

第一节课下课后，贾非站在教室门口喊我："樊冰，门口有人找！"

是短发陈影。她有些不好意思地站在那里，用抱歉的眼神看着我。

"今天早晨，是我爸爸送我……"

我说："我猜到了！"

"我想跟你说……我爸看到了我写的作文，写你的那篇，他问我：'那个男孩子是谁？'我告诉爸爸，你是五年级的，跟我都在礼仪站乘车。我爸问：'世界这么大，有那么多的人，为什么偏偏去写一个男生？要是写男生，写家里的爸爸不行吗？写弟弟不行吗？为什么非要去写一个不相干的人？'……"

听到陈影这么说，我明白了所有。我突然感到了冷，像是教学楼的门和窗都敞开着，让冬天的风涌进来，把暖气驱散了。

"所以，你爸爸不让你跟我坐一辆车？"我搓着两只手，想让它保持温度，不那么凉。

陈影点着头说："从那天开始，我爸让我妈先照看早市，他跑来送我上车……"她很单纯，把所发生的事情都跟我说了。我一点都不生她的气。但是，我就是难过。

我说："没事的。"

当我说完这句话时，眼泪就不听指挥地涌了出来。我没让它们掉出来，把它们圈在眼眶里，让它们守住一个五年级男生的坚强和尊严。

短发女生对我说："那我走了！"

我笑了一下，没敢点头。一点头，眼泪就会守不住的，就会跳出去。当陈影的背影在楼梯拐角消失时，我甩动了一下头，把眼眶里的泪摔走了。

贾非问我："刚才的小女生找你什么事？她好像是一二年级的学生……"

我说："她叫陈影！"

贾非很吃惊地说："她就是陈影？你当作偶像的那个小女生？"

"是！"

"多普通的一个小女生！"

我说："她一点都不普通！"

贾非说："我一直想认真地问你，这个女生为什么会是你的偶像？"

"我说过了，她做了很多的事，她做的那些事，我们百分之九十九的人都不可能做到！"

贾非还是自己的思维："她做的事，别人也能做的！"

我说："是能做，但是，都不去做，觉得自己不该做！我问你，你帮着家里洗过碗吗？"

贾非顿了一下，说："洗过！在三年级暑假时，我想多弄点零花钱，就给家里洗碗，洗一次，我妈给我五块钱！我洗了三天，坚持不下去了……"

我说："那个陈影，她做了数不清的家务事，一分钱都没跟家里要过！她过去天天做，现在天天做，以后，还要做下去！咱见过跑马拉松的，五公里、十公里、二十公里。她也在跑马拉松，不停地跑，她的马拉松，要一直跑下去，要跑很多年！"

贾非看着我，不知道是不相信我说的，还是被我判断的事实震住了，他不说话，一直看着我。

我说："怎么样？这样一个女生？"

贾非说："是挺厉害！"

十一

冷水浴

　　我不想给短发陈影带去麻烦。我舍近求远，每天多走一段距离，跑到礼仪站的前一站安家街站上车。

　　一连三天，我都跑到安家街站乘坐108路公共汽车。

　　我避免见到那个穿大皮靴的男人，心里总觉得陈影爸爸的脑袋，比他脚上的大皮靴还要笨拙。

　　没想到，那天我去安家街站等公共汽车的路上，爸爸开车去公司上班，是同一个方向。他发现我，把车停到路边喊我："烦——"

我站住了，看见车里的爸爸摇下车窗，大声地问我："你怎么跑这么远到安家街站上车？"

我随便撒了一个谎："我想看看安家街站上车的人是不是比礼仪站上车的人少……"

爸爸说："你傻了吗？上班高峰时间，哪里人会少？"

我胡乱答应着，摆着手："你快走吧，我就是来安家街站看看！"

"你精力好充沛啊！坐个公共汽车还故意跑这么远。别再干这种傻事！"爸爸唠叨着摇上车窗，把车开走了。

短发陈影第二次到我们五楼找我时，柳馨老师好奇地问："你找樊冰？"

"我找他问一件事！"

然后，陈影告诉柳馨老师，她叫陈影。柳馨老师一下子想起她了，想起她是我们班一个男生的偶像。

"你就是陈影？"柳馨老师的问话，一下子唤醒了班上很多同学的记忆，他们都看向教室门口的陈影。

我从操场回到教室，看见门口站着陈影。她回头看见了我，对我说："问你一件事！"

我说："别站在门口，到那边说！"陈影跟着我走到离教室门远一点的地方。我和她刚刚站定，就看见五年级二班门口伸出几个同学的头，有男生，也有女生。他们都好奇！

"你不在礼仪站坐车了吗？"她问道。

"不是，这些天我去安家街站坐车……"

"为什么要多走那么远的路去坐车？"

"发生了那么多的事……"

"发生什么事了？"

我不好意思说，我是在躲避她爸爸。现在感觉到，陈影的爸爸脚上蹬着的那双大皮靴，就是为我穿的，随时准备蹬我一脚，把我从礼仪站蹬到安家街站。

"你爸，穿着大皮靴，穿着那样一对大皮靴……"

"他穿大皮靴怎么了？他出早市，天冷，他试着换了很多双鞋，就那双旧的大皮靴最暖和！"

"我不想给你找麻烦！"

"我爸只是不放心我！"

"看不见我，他就放心了！"

这时，上课铃声响了。她临走时跟我说："你不用特意去安家街站上车了，不用的！还在礼仪站上车！什么事都没有的。"

我一进教室，柳馨老师问我："你没事吧？"

我说："没事！"

上课时，贾非传给我一张纸条，我打开一看，上面写着：你喜欢那个小女生？我回了一张纸条：瞎说，她只是我的偶像！贾非又传了一张纸条：不喜欢，怎么会是偶像？我生气了，把一张纸撕下来，写了几个大字：别瞎扯！揉成一个团，砸向贾非。

……

第二天早上，我去了礼仪站乘坐108路车，看见短发陈影已经站在那里，她的粉色双肩包和她头顶上的粉色绒线帽子，像荧光棒一样吸引人的眼球。她身边没有站着脚蹬大皮靴的爸爸。

但是，我觉得她爸爸此刻正隐身在某个角落里，在死死地盯着我。

我不敢注视陈影，她明明就站在离我不到三米的地方，

我不能朝她回过头去。但是，我的余光感觉到，她一直把眼光落在我的脸上。

我和她形同陌路，是最好的办法，是最安全的同行。108 路车到了马街小学站，我先跳下了车，没回头，朝学校大门走去。我感到背上有东西附着，让我的背部发紧，我不能回头。我担心那个穿着大皮靴的男人已经提前赶到学校的大门外，继续暗中盯着我。

我觉得她喊了我一声。我还是克制自己不要回头，装成一个聋人。我知道自己背部为什么有压迫感了，是她的目光。原来一个女生的目光，也有重量。

那天放学回家，吃完饭，爸爸坐在沙发上看一个电视节目，介绍城市里一群迷恋冬泳的人，在零下二十几摄氏度，赤裸着发红的身体，在剖开的冰层天然水池里劈波斩浪……

爸爸说："很多年前，我试过一次冬泳，回来感冒了一个星期。这可不是一般人能做的事情！"

妈妈听了，讽刺道："才感冒了一个星期？到了夏天你咳嗽了，你还说是冬泳留下的病根！"

爸爸说："我们樊家人，怕冷！谁也改变不了遗传！"

"没听说过！"我说。

"什么没听说过？"爸爸问我。

"我知道世界上有很多遗传，好的遗传，坏的遗传。我从没听说过怕冷也会遗传！爸，那是你怕冷！"

"你看看你的儿子！"爸爸用手指着我，眼睛却看着妈妈，"跟我顶嘴变成习惯了！"听爸爸的意思，好像是妈妈没教育好我。

我的坏心情，爸爸从来不想知道。在家里，我面对最多的是爸爸的指责。在那一瞬间，我在心里给自己出了一道数学题——五年级的男同学，到底有多少是爱自己父亲的？我怀疑心里出现的答案，又确信那个答案。

我笑了一下，走进卫生间。爸爸说："话还没说完，就走了？"妈妈说："你也不能不让儿子解手吧？"爸爸说："我看，他是借故去卫生间的！"

……

我在卫生间，脱了衣服，没开浴霸，从水龙头里接了一盆冷水，把它举在头顶，一歪，冷水从头到脚直灌下来。当冷水漫过我的灼热五官时，我差点窒息。

我在卫生间发出了痉挛的叫声。外面客厅里像有茶杯盖掉在地板上的声音，然后是妈妈和爸爸在门外敲门的声音："烦烦，怎么了？开门！""开门，出什么事了？"

我把身上胡乱擦了一下，穿上衣服，走出卫生间。妈妈一看见我还是湿漉漉的头发，眼睛在卫生间搜索了一圈："你洗澡了？这么快？连浴霸都没开？"

我说："我冲了一个冷水澡！"

"你冲了冷水澡？！"爸爸一脚踏进卫生间，看见了四处乱溅的水珠子，返身问道，"你想干什么？"

我说："你们别大惊小怪！我就想证明一下，怕冷会不会遗传！"

妈妈瞪着我，眼里满是责备。

爸爸把恼羞成怒勉强地藏着，他肚皮里的火气像是煮牛肉的锅，咕嘟咕嘟朝天上冒气泡："你，冷吗？"

我说："我开始适应冷了！"

"适应冷？"爸爸心里的那锅牛肉还在翻着气泡。

妈妈反感我和爸爸之间缺少温暖的交流，非常反感。她冲进我的房间，把我的被子铺开，又去了她的卧室，把她平常用的暖宝打开，放进我的被子里："烦烦，进被窝，你明天不感冒，就见鬼了！"

我说："没必要进被窝用暖宝，一会儿，我要再洗一次冷水浴！"

爸爸终于吼起来："你疯了？！"看见爸爸心里烧滚的肉锅溢出来了，我反而很平静："爸，试验不是一次两次就能成功的，我要多试几次，才能证明怕冷是不是会遗传！"

那天晚上，我没感冒。爸爸用酒精给我擦背，妈妈用姜和红糖水灌了我一大碗，我说："我不感冒，不是因为你们做的这些事，是我的体质！"

爸爸说："我白给你用酒精擦背了？"

妈妈说："白给你熬姜汤了？"

我说："你们别这样失望，我会给爸爸擦背的，也会给妈妈熬姜汤。你们需要，我会学着做的！"

爸爸说："我不用你擦背！"

妈妈说："不用你给我熬姜汤！"

我对爸爸说："不让我给你擦背，是怕我问你背上那块疤的来历吧？"爸爸问道："怎么又问起这件事了？"

　　我说："你不用躲，那块疤怎么回事，我猜都能猜到！有什么不可以告诉我的？"

　　"猜？你猜到什么了？"

　　我说："猜对了，给我个高分，猜错了，就给我不及格！严格点！"

　　听我这样一说，妈妈兴奋起来："烦烦，你快猜猜看！"

　　此时，我躺在被窝里，床前围着爸爸和妈妈，在听我讲述爸爸背上那块疤的来历："樊才锐上高中时，他滑冰滑得很不错了，因为他从小就爱滑冰。他在学校速滑比赛时，很招风，吸引了很多同学。也吸引了一个叫万素素的女同学。一个周末，也许是寒假的一天，准确的日子实在不能确定。万素素问樊才锐，去不去体育场滑冰，她想学滑冰。樊才锐很愿意教这个女同学，于是，他们在第二天去了冰场。冰场上人多，外圈是学速滑的，中央冰场是打冰球的。万素素是第一次学滑冰，一开始，樊才锐用手牵着万素素，但是，万素素是有滑冰天赋的，不一会儿，她就甩开了樊才锐的手，自己滑了起来。没想到，她滑到冰球场地去了，那些没命抢球的冰球队员，根本就没注意到滑进冰球场地的万素素，在她身边呼啸而过，又呼啸而去。樊才锐感到了危险，就大声喊她，万素素听见了，但是，脚上的冰刀不听她的，让她在冰球场地乱转。樊才锐冲过去想把万素素拉出来，没想到，这时冰球飞到她的脚下，几个冰球队员同时奔过来抢球，他们手中的球棍和脚下的冰刀，发出很吓人的声音。已经晚了，万素素慌了……当樊才锐抢先扑到万素素的身上摔在冰上时，两个膀大腰圆的冰球队员砸在了樊才锐身上，一个队员脚上的冰刀，蹬到了樊才锐的背！留下了一个疤……有一天，我看见鞋柜子里，有一副生锈的冰刀，让我想到了这个故事。我想说，当年的樊才锐挺勇敢，我有点像他……"

妈妈脱口而出："你也太会编故事了！"

爸爸说："怎么能想到的？"

我说："我去万象城的旱冰场看过滑旱冰的人，他们摔倒了，都躲不及，很容易就撞到一起了！我刚才的故事，可不是瞎编的！应该是有根有据的！"

樊才锐是我爸。万素素是我妈。

此刻，他们的表情可以用成语来形容——呆若木鸡。

我接着说道："如果真的像我故事里讲的一样，爸爸就没必要在我面前躲躲闪闪了！"

因为我在讲述中直呼爸爸妈妈的名字，让他们感到了陌生和距离，他们会重新想想儿子和他们的关系。

我等着，等着两个听众的反应。没想到，被我直呼其名的爸爸默默转身离开我的房间。妈妈也跟着离开，可她走到门口时，又折了回来，走到我床前，弯下腰，把嘴凑到我耳边用我能听到的声音说："妈给你高分！"

我笑起来。妈妈也跟着我笑了。她的笑，有得意的成分，她的儿子长大了，凭自己的眼睛，能识破生活的表象了，有了推不倒的逻辑推理。

正笑着，卫生间传出一声怪叫，我翻身坐起来，妈妈已经冲进卫生间。原来，爸爸不知道受了什么刺激，也脱光了衣服，用一盆冷水，冲了一个冷水澡。

当天晚上，爸爸没有感冒，是发烧了，三十九度四。他去医院挂了点滴，过了一夜才退烧。

让我觉得神奇的是，第二天早上，爸爸从卫生间走出来时，干干净净的，挺精神。他把留了几年的胡子刮了。

十二

永不冬眠的年纪

马街小学一年一度的绘画书法展览，就要如期举办。柳馨老师忘了通知我，她认为我在学校的特长是踢球。当我知道时，回家把我创作的两幅漫画翻出来，一幅是《我的每天早晨》，另一幅是《原来我是一头笨猪》。

我找柳馨老师要求参加学校绘画书法展览，柳馨老师看着两幅漫画，还真的想起了其中一张漫画，忍不住笑起来："你还有别的画吗？"

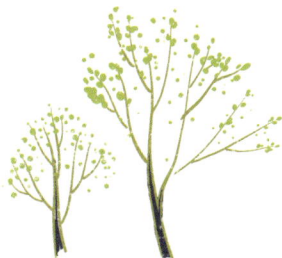

"没有，我只画过这两幅画。"

"算了吧！"柳馨老师看着我的漫画，摇着头说。两张漫画铺在讲台桌上，也确实不太像画，不细看，都觉得是两张胡乱涂鸦的废纸。

"你非要参加绘画书法展览，重新认真地再画一幅吧？"

我说："我是凭冲动画的漫画，让我重新画，我画不出来了！"

柳馨老师把女同学张白参加展览的画拿出来，慢慢地在我眼前展开："这是张白的国画《池塘荷花》，你看看，这色彩、这美感，这样的画，不在学校得奖，都不可能！"

这时，我看见大幅的《池塘荷花》旁边的皱巴巴的《我的每天早晨》和《原来我是一头笨猪》，就像是被人揍过的浑小子，脏兮兮地缩在角落里，嘴角还流着血，淌着鼻涕。

我争取道："老师，我觉得我这两张漫画很有意思！要细看……"

柳馨老师把教室里的同学叫过来："你们都来看看，樊冰要把他的这两幅漫画送到学校参展，你们觉得怎么样？"

有人笑了。如果我看见有大幅的《池塘荷花》做比较，我也会笑。因为我在场，没有人把我不愿意听的话说出口。最后，贾非说话了："柳老师，把这两张漫画送去吧，挺有意思的！"

真是足球场上的好中锋，关键时候，总是能传出好球。我感激地看着贾非。"班长发表了意见，大家呢？"柳馨老师问了一声。

"送吧！"

"送到学校参展吧！"

柳馨老师点着头说："听大家的，那就送吧！"

一月七日，我的两张漫画参加了马街小学的绘画书法展览，为了便于大家观赏，所有展出的绘画和书法作品，都摆在三楼长走廊里和墙壁上。一、二年级的同学可以上三楼看，四、五年级的同学下到三楼看，都很方便。与往年不同的是，这次参展的作品，不单单是由老师组成的评审小组评审。在走廊尽头，设了一个绿色投票箱，参观的同学可以在纸上写上自己的班级和名字，选出一件自己最喜欢的作品，塞进投票箱。

活动三天，一月十日公布获奖的作品。

　　我的漫画跟张白的《池塘荷花》有过一次比较之后，我不敢去三楼看展览，觉得不太好意思。我的那两张漫画，在长长的五颜六色的走廊里，会继续扮演可笑的丑角。我的目标很简单，就是想让同学们看见我的漫画。

　　三天过去后，张白的国画《池塘荷花》不出所料获得了一等奖，她已经获得过三次一等奖了，一点都不奇怪。

　　不知道发生了什么，我的两张漫画竟然获得了特别奖。在教室里，同学们因为奖项争吵起来，争吵的焦点是，一等奖大还是特别奖大。

　　我很开心，这个结果让我大感意外。最后，柳馨老师才告诉大家，张白的画获得了老师评审小组的一致好评，我的漫画竟然获得全校学生最多的投票。这让老师评审小组的人很意外，漫画缺少技巧，有点不太认真。但是，漫画反映了学生的现实生活，生动、诙谐、真实，让人印象深刻，深得学生们的喜爱，所以，给了漫画特别奖。

　　张白还问过我："你将来要画漫画吗？"

　　我告诉她："不画，这两张画，是我冲动的结果，再没有画画的想法了！"

柳馨老师对我说："你别说，你的漫画多看一会儿，还真的挺有意思！"

我说："回忆一下小学生活，那么多事情忘不了！"

柳馨老师突然说："你最近好像不太说那些字了。"

我问："什么字？"

柳馨老师说："脏字！"

我像是问自己："是吗？"我也许很少说脏字了。细想，是认识了二年级的女生陈影以后不说脏字了吧？在我跟她同乘一辆公共汽车开始，她从没指责和提醒我说话有脏字，但是，我就是认识她以后不说脏字了。

就这么神奇。我说出来，别人肯定不信，但是，只有自己经历过一些事情之后，才会相信过去不可能相信的事情！

……

早上，我去礼仪站等108路公共汽车时，看见了短发陈影，她身边站着她的爸爸，他还穿着那双笨重的大皮靴。我一看见陈影的爸爸，脚步就犹豫起来，在离他们挺远的位置，我垂着头，站住了。我满脑子都是那双大皮靴，但我还要装作没看见过它。

　　那双大皮靴竟然在我脚前出现了，并停在我的跟前。我惊慌地抬起头来，看见陈影的爸爸高大地伫立着，他遮住了一线阳光，我的脸马上感到冷冷的。

　　"你叫……樊冰？"他问道。

　　我点头，眼睛还是不敢看他。他说："我家陈影跟我说过很多你的事情！"我转头看见陈影站在她爸爸两米远的地方，冲我笑着。

　　"你好像很怕我？"他问道。

　　我看着他，不知道该点头还是摇头。

　　"她说了很多，说你是个好学生！"

　　我又去看短发陈影："她是这么说我的？"

　　"对！说你是个好孩子！"

　　我的眼睛又不争气地湿了。

　　"以后，我就不用送我家陈影了，不用担心她了。她也一直没让我担心过。我多心了！谢谢你，孩子！"

　　他突然伸出手摸了我的头，在他的手接触我的头的一刹那，我出于保护自己的本能，下意识地缩了一下头。陈影爸爸看见我这种反应，抱歉地笑了笑。

"我还要赶到早市上去。再见，孩子！"他转身走了。他脚上的大皮靴发出咔哧咔哧的声音，把路人的目光都吸引过去。

"樊冰，我们班很多同学都给你的漫画投票了！"在车上，陈影很开心地跟我说起投票的事情。

我说："是你动员你班上的同学给我投票了吧？"

她摇了一下头："都是自愿的！"

我说："三楼走廊里那么多画和书法作品，都比我的好！"

她说："我的同学都说，你的漫画好有意思！有个男同学还跑进教室告诉大家，'你们都去看看一个叫樊冰的画的漫画！看他的漫画，我自己都想画漫画了！'……"

……

晚上，我跟爸爸之间有一段短短的对话。在晚饭前和晚饭后，爸爸一直都在寻找跟我对话的时机。

他和妈妈从柳馨老师那里知道了我的一些事情，他们也只能从老师那里获得我的信息，因为我从来不跟他们说我自己的事。

爸爸说："樊冰！"

我说："您叫我什么？"

爸爸说："叫你樊冰啊！你不叫樊冰吗？"

我说："这是我的大名？"

爸爸说："你故意的？别来这套！"

我说："听你这样叫我，我真不习惯！刚才听我的大名，好像在叫你生意场上的人！"

爸爸说："我真小瞧你了！"

我说："看来，爸爸在我五年级之前，一直都没认真地看过我！"

爸爸说："你怎么一下子变得伶牙俐齿的？！"

我说："那是爸爸一直没认真跟我说过话！"

爸爸说："感到你是一下子变得不好对付了！"

我说："爸，你天天忙生意时，我在长；你睡觉时，我也在长！我这种年龄的人，是永不冬眠的年纪！"

爸爸说："永不冬眠的年纪？"

我说："是，永不冬眠的年纪！"

爸爸说："这是谁说过的话？"

我说："我说的！"

爸爸说："真小瞧你了！"

我说："爸，今后一定要瞪大眼睛看着我，不然，我丢了，你会找不到我的！"说完这句话，我看见爸爸的脸上出现了少有的慌乱和疑惑。

爸爸说："你要去哪里？"

我说："爸，这是比喻！"

爸爸说："挺让大人担心的比喻！"

我说："爸，我又想起一件事……"

爸爸说："什么事？"

我说："你背上的那块疤，还痒吗？"

爸爸说："怪了，它好久都不痒了！这是怎么回事？"

我说："有些事，你藏着掖着，不见阳光，会发霉，会变质。现在好了，不再捂着了，它也就不痒了！"

爸爸说："你话挺多啊？！"

我话多吗？男孩子大了都学会了自我消化，学会沉默了。爸爸突然想起了一件事情："我忘了问你，你那天在讲我背上疤的故事时，你说你有点像我？怎么？你也做过类似见义勇为的事情？"

我说："爸，我不会告诉你。你有本事，也圆一个我的故事！"

爸爸摸着自己的光光的下巴说："这让我上哪里圆你的故事啊？"

我还想跟爸爸说，我今后的人生，无须他和妈妈更多地担心。因为，我还要经历更多的事，偶尔，也会流泪。因为，我要在细碎的生活中发现不幸和悲伤，寻找幸福和快乐。

当人们和世界都进入沉沉梦乡时，我，还在生长。因为，我心茁壮，永不冬眠。

明年，我要上初中了。

外二篇

逆行的鱼

少年吴祥在北方九月的一个早晨，抬头望了一眼城市上空永远挥之不去的烟雾之后，愤然走出了家门。走出门之前，他找出家里的一些钱，留给爸妈一封短得不能再短的信：

你们不用寻找我。

吴祥漫无目的地在大街上走，他什么也看不清，或是什么也不想看清。这个世界上的任何印象他都不想带走。他只清晰地看见命运的前面有一扇被风吹动的绝望的门。他在门前犹豫着。这时候，他看见了松花江上那艘白色的小型客轮。他关注它，是因为它通体有着惊人的白色。在涌浪的推动下，这只白轮船用随意漂荡的姿态诱惑了他。

他没问这艘白轮船上哪里去，就买了一张船票。售票员问："要去哪里？"他说："我要上这艘白轮船。"售票员又问："你总该知道，上这艘船后准备在哪里下船吧？"他回答："在终点。"

他走上了白轮船。他把一条腿抬起，搭在船舷的扶手上，身体靠住栏杆。站了许久，他一动未动，远远看上去，就像一件没有晒干的衣服。船的汽笛终于响了，船员就要收起登船的踏板时，吴祥看见一个拎着背包的少女高喊着扬着手跑过来。少女终于跨上了这条船，在她气喘吁吁想平静一下时，她包里的一个东西滑入江中了。吴祥看见滑入江中的是一个盒子。所以，吴祥很认真地看了看那个少女。

当吴祥再次看见那个少女时，他差一点没认出来。少女已化了妆，涂好了红红的嘴唇，画着黑黑的眼影，描了细长的眉毛，还有……她嘴上还吐着烟雾。他躲开了那个少女的目光，因为他觉着那目光容易招惹是非。那少女却冲他讲话了："喂，高中生。"吴祥重新盯着那少女的脸看，少女脸上的妆化得很浓，尤其是嘴，被她描得像只放大的眼睛。看上去，这少女就有了三只眼。只要一想象，她就像一个怪物了。吴祥被少女的怪样子引得笑起来。这一笑，他才感到自己许久没笑过了。少女叫他，问他抽烟吗。他摇头，使劲摇头。

白轮船行驶到草甸镇的时候，天色已晚，第二天天明时分，才能到达终点同江。吃晚饭时，吴祥在舱外的船舷旁又看见了那少女。她已化了妆，长发随意地飘下来。她端着盒饭，打开盖，没吃一口，就倒入江中了。吴祥不知为什么，学她几小时前喊他一样，也冲她喊了一声："喂，高中生。"她回过头来。于是，从船舱内透出的光线中，少年吴祥看见了她脸上若隐若现的泪痕。他走过去问，她正把白色的快餐饭盒丢入江中。那白色饭盒起初还随波漂着，像白轮船遗失的孩子，不忍离去，可转眼间还是被浪吞没了。少女就呆呆地望着白饭盒消失的地方。他走近她，望着她的侧影小声问："你去终点吗？"

少女抬头望着岸边划过的暗影，同样小声地回答道："终点。"

吴祥和少女互相认真地对视了一下，那情景看上去有些像道出了生命中的一个隐秘的暗号。接下去，吴祥说："猜个谜好吗？"

少女垂着头说："有意思吗？我不感兴趣。"

吴祥说："我也知道没意思，到终点之前，我只想轻松一些。"

这一次，少女认真地读了吴祥的脸。吴祥的脸一半在船舱内透出的光线里，一半在暗影中。好像处在暗影中的脸，在流逝的江水的作用下，闪烁着细致的不易察觉的波纹。少女说："你说谜语吧。"

吴祥停顿了一下，然后说："你刚刚参加完高考，而且没考好。"

少女的身体动了一下，像是走在街上冷不防被人用石头击中的反应一样。两人陷入了沉默。突然，少女把俯在船栏上的身体抬起来，用有点奇怪的声音问他："高考前，你摔过家里的东西吗？"

吴祥兴奋起来，就如同列数丰功伟绩一般："我先摔了妈妈的茶壶，然后又摔了爸爸的一件木雕工艺品，那是他从云南出差带回来的工艺品。那时候，我的功课很糟，心里很焦躁，我只想摔东西。"

少女笑起来："你摔的东西不算什么。我砸了钢琴。"

吴祥说："还是你有魄力！"

早晨五点钟，这艘白轮船停在了终点。江上一片湿气，每个人都能闻见潮湿的浓重的腥气。当七点多钟，浓雾渐渐

126

散去时，岸边上只站着少年吴祥和那位少女了。他们看见了黑龙江。它比松花江更广阔，比松花江的水流更急。他们像不认识一样，望着面前的江水。

少年吴祥转头的时候，发现岸边云集了许多渔民。他们也望着江水。这时的江面，在阳光驱逐了雾气之后，出现了惊人的一幕：江面上浪花飞溅，金属般光洁的物体在水面上逆水而上，仿佛江水在倒流。

少年吴祥和少女都看呆了。身旁一位老人对他们说："没见过吧？"

吴祥张着眼睛，只顾摇头。老人说："这是大马哈鱼逆水到故乡产卵来了。它们海里生，江里死。它们逆水而上的时候，为了游得快，就不觅食，以减轻体重。它们不顾疲劳，星夜兼程，游回故乡。待产完卵之后，它们的生命就结束了。"

少年吴祥问："那些产下的鱼卵是怎么生活的？"

老人说："鱼卵化成幼鱼后，成群往海上移居，约在海中生活四年。它们知道自己出生的地方，长大之后，便逆水回到故乡。"

在大马哈鱼逆水而上的那几天里，许多渔民都看见一个少年和一个少女在岸边追逐着鱼群的身影。在一个阳光很好的中午，吴祥看见少女蹲在江边，用江水洗了脸又梳了头，然后把一个药瓶扔在了江水里。他也从衣兜里掏出一个药瓶，奋力抽入江中。

少女朝他举起滴着江水的毛巾，他朝少女微笑。

几天之后，少年吴祥回到了他生活了十七年的家。少女也回到了那座可爱的普通的城市。

一个普通少年的冬日

父亲脸色不好看地给我下了个定论："你十五年白活了！"

我不服气。也就是从那时开始，我的心情从没好过。

那个深秋温暖的中午，我靠在我家欲倒的草垛上，仔细想了又想，我十五年到底干了些什么！

太阳照在我身上很舒服，所以我慢慢想起来了。一岁到八岁，好像是一张雪白的纸，我什么也记不住，大概是奶奶带过我三年，接着是姥姥带我。好像姥姥带我期间，因为怕我被雨浇着着凉，她摔了一跤，半天没爬起来。我看见她那双枯瘦的手，在湿漉漉的泥里扒着，而我只会用哭声去帮助她。姥姥死了，我总觉得自己有些罪过。上三年级时，妈妈让我去商店买醋，只买一斤。我拎着醋瓶子走到一块干净的空场地上，远处有几块薄云飘过，在空旷的场地上留下淡淡的云影，微风把树压低了头。我就平展展躺在地上，面对着天空，一口一口地喝着醋。最后我拎着空瓶子回家，跟妈妈说："钱丢了！"六年级快上完时，我学会了挑剔自己的老师。体育老师有个臭毛病，他喊口令让我们立正时，总是不断地用一只手拽右腿的裤子，让自己通红的毛裤暴露出来，那时候，穿条毛裤可是件不容易的事；一个女老师戴副眼镜，文质彬彬，总爱生病，一生病说话声音就很小，我和同学们都很同情她，可当我知道她吹了好几个对象以后，我先可怜那几个被她冷落的男老师，然后我就专门在她的课堂上睡觉。再后来，我连最后一次加入少先队的机会也失去了，这好像有些不光彩，父亲指的也是这件事。我听见爸爸跟妈妈说："这孩子完了！"

一开始，我以为自己得了什么不治之症，先惊恐了一阵子，后来才知道，是父亲对我的一生失去了信心。

妈妈评价我时，反复就那几句话："这孩子天生贪吃！扫帚高时就知道满屋找吃的，苹果、点心放在低处，让他看见，非跟小黑子分吃了不可！"小黑子是我家的一条小狗，我吃点心总有它的一半，吃苹果，就把核扔给它。

爸爸从没打过我，可我一直有种不祥的预感，他在积蓄力量，找个机会就会狠狠地打我一顿。我好像随时准备着迎接那一场痛揍的降临。

十六岁时，淡淡的胡须悄悄爬上我的上唇，那是我无意中在镜子里发现的。当爸爸坐在我对面，一边吃饭一边打量我，眼光凝聚到我的胡须上时，那眼光竟有些恶毒了。我用"恶毒"这个词一点不过分，特别是当时，那眼光差点让我跳起来。

我开始动不动就弯起胳膊，用渴望和幼稚的目光看上面可怜的肌肉。我爱打架了。我常常被人打得鼻青脸肿，就是说，我是那种豆芽菜体型，打起架来从不会占便宜。我会莫名其妙地跟人家打起来，因为人家眼白多、眼仁小，我会把酱油瓶子扔出去，像扔手榴弹一样。我的对手如果是比我壮的孩子，我们一交手，我的双腿就不听使唤，而脚常常被对方抢得离开地面，然后姿势难看地摔躺在地上。我清楚地回忆起，在我较漫长的打架生涯中，我发现，连那些小个子同学都不怕我，我常常做那种英雄好汉的美梦，摆出一副天下无敌的架子。我会被小个子使用的"黑狗钻裆"式摔跤术摔得垂头丧气，陷入孤立无援的境地，因为我从地上爬起来时，竟发现自己比小个子高一头。这时，一个声音在心里大声提醒我：快像狗一样跑掉吧！于是，我找准机会，从围观的人群里穿行而过，跑掉了。

……

我的破坏欲极强。我那时不知道"教养"一词，我认为那两个字是说给别人听的。有一次，我在学校操场上碰见一个很小的、大眼珠子的孩子在学骑自行车。我把他截住，连哄带吓，把自行车骗到手，骑出操场，三拐两绕，把高声哭喊的"大眼珠子"甩掉了。我冲上马路，一直往前飞驰，最后摔到沟里。我在水沟里把脸洗干净，若无其事地回到家，却碰见"大眼珠子"和他的姐姐站在我家院子里跟我妈妈说话。我还未进院子，"大眼珠子"用手一指我："就是他！"

"瞎指什么！指谁？谁见过你？哪来的野小子！"我冲着"大眼珠子"也瞪起眼珠子。

"我弟弟从不撒谎！"那当姐姐的这样说。

"你进屋！"爸爸从门口伸出头冲我说。

我一进屋，先看见二十五瓦的灯泡很亮，很快就挨了一巴掌。那巴掌打在眼睛上，足足让我在黑暗中待了三十秒钟。

过了两天，我用磨快的削铅笔刀，在"大眼珠子"的自行车胎上狠狠地来了那么两下。

又过了两天，在一个黄昏，我被一个比我还高的高年级学生截住了。他从墙后转出来，像开玩笑一样把我拦腰抱住，用头顶住我的下颌，把我摁在地上。我不知道是什么缘故会遭到这么个大家伙的袭击，我喊："为什么打我？"他说："咱们两清了！"

我过了好几天才明白这家伙是"大眼珠子"的哥哥。

我那次被打得极惨，衣服扯烂了不说，门牙还被磕掉了半颗，使我这颗牙拔不得也镶不得，影响我一生的美观。

于是，在一个挺安静的夜晚，我干了一件事。我用火柴一气儿点着了三家的柴草垛。当然，目的是把"大眼珠子"家的草垛烧光，让他们全家没草烧饭，喝西北风去。那两家完全是代人受过。我是为了不让"大眼珠子"一家怀疑是我干的。

那里正乱哄哄救火，我回家了。因为是住宅区着了火，全部人家都停电了。屋里很黑，父亲那双眼睛跟蜡烛一样亮。

我有些心虚，极力装得平静："爸，你没去看看救火？"说完，我去打水洗脸，然后翻腾饭柜，故意在厨房里磨蹭着不出去。半块馒头在嘴里无论如何也咽不下去，好像在嚼一团棉花。我的耳朵一直听着外屋的动静。过了一会儿，我终于忍耐不住，把厨房门拉开一道窄缝，往外一看，父亲那双眼睛一直盯在厨房门上。我额上的汗冒出来了。我下意识地摸了摸被"大眼珠子"的哥哥打掉了一半的门牙，心便不怎么虚了。一报还一报，这叫"道高一尺，魔高一丈"！

我走出厨房，还煞有介事地走到蜡烛跟前，用手指拨了拨乱晃的火苗，然后抬起头，和父亲的目光相遇了。说实话，在黑屋子里微弱的烛光下，我有些受不了了。我总想跟父亲说一句话：我要自己自由自在地生活了。不要以为家里人靠你养活，你就可以瞪着一双老狐狸般不能容人的眼睛，连自己的儿子都看不惯。我想起日本故事影片《狐狸的故事》，当小狐狸稍微长大了一些时，老狐狸把小狐狸赶走了，让它自己去闯生活的路……

我日夜希望自己淡淡的胡须变得像猪鬃一样坚硬。我就是在父亲猜疑而又抓不到凭据的眼神中，扬着头钻进自己被窝的。

恶有恶报。我在梦中，又被"大眼珠子"的哥哥拦腰抱住，这大家伙一直阴险地笑着，用铁钳子一样的手，把我的牙齿像拔葱一样一颗颗拔掉，唯独剩下那半颗牙，满口的血吐也吐不尽……我感到一切都没有结束。

我从来没有朋友。在我十五岁半的一个冬天，我和一个小子结成了生死之交。他比我大三天。

那天刚落过雪，我想在雪地里走一走，我挺愿意听自己的鞋把雪踩得咯吱咯吱响。有一群比我矮不了多少的男孩女孩，吵吵嚷嚷在滚一个愈来愈大的雪球。有一个极小的孩子逞能，趴在雪球上，雪球把他压在底下，他站起来时，做了一个深呼吸，把满嘴的雪直喷出来，然后咧开大嘴哭喊起来。没有一个孩子去理会他的哭声，他们正兴高采烈地把一个童话般的大雪球推向远方……

那个哭过的孩子看见我发呆，竟跟我说："你跟我们一起滚吧！我们推不动！"

"去去去！谁跟你们这帮小崽子玩！"我冲那小孩说。那小孩吓坏了，以为我下一步该把他扔到雪沟里了，撒腿就跑。刚跑两步，他自己就滚到雪坑里去了。于是，他就更大声地叫起来。我赶紧离开那里，我怕这小孩也会有个像"大眼珠子"哥哥那样的大家伙，那我又要倒霉了。

我飞快地绕过几栋房子，穿过一条窄窄的马路，来到一个安静的地方。不远处有一口井，井口冒着缕缕白气。我正盯着那口井想别的事情，却看见井台上有一只水桶歪倒着，井绳垂在井里，那样子就像有人掉进井里似的。我来到井边，井绳坠得紧绷绷，还真像有人在下面拽着。我于是阴阳怪气地冲井里喊："喂！你还活着吗？"没有人回答。一股冷气冲上来，使我打了个哆嗦。我忽然感到里边真的有人，于是摘掉棉手套，开始摇辘轳把儿。摇了几下我就停下来，大口地喘气，不敢大意。我心想，说不定明天一大早，全农场学校都传颂着"陈辉辉舍己救人"的英雄事迹。一想到这儿，我却突然想把辘轳把儿松开了。因为这一切真没意思！

不过，我还是心里叫着妈、喊着奶奶，拼命把这个东西摇了上来。原来是个跟我年龄相仿的少年。他浑身湿透，冒着热气，紧咬着牙关，一个字都说不出来。我把他扛回了他家。

第二天天不亮他就敲我家门。我爸披衣服开门："这么早干什么？"门外回答："找你家陈辉辉！""又打架了？！""不打架就不能找他吗？"

爸爸反身回屋，带着一股凉气，把我从被窝里揪出来："有本事你再光着屁股跟人家在雪地里干一架，打不死我不见你！"爸爸一边说，一边恶狠狠地摇我的脑袋。

我睁开眼，看见被我从井里拽出来的少年站在屋中央冲着我乐，我说："你傻乐什么？大清早搅我的好觉。"

"你们怎么回事？"爸爸阴着脸问。

那少年就开始跟爸爸说。我一个字也没听进去，重新钻进被窝，继续做我很累人的好梦。

我又醒来时，爸爸坐在大炕的另一头，把脚伸在褥子底下："那小子说的都是真的吗？"

"骗人的！哪有的事！"我还想继续睡觉。

"孩子他妈！怎么样，臭小子说实话了，都是骗人的鬼把戏！"爸爸斜了我一眼，下炕，走进厨房。"这两个荷包蛋是慰劳儿子的！"妈妈说。"算了吧！他还配吃！我就知道他干不出什么漂亮事！"

……

我听见咂巴嘴的声音。爸爸肯定把两个荷包蛋吃进肚去了。父亲总认为真理掌握在他的手里。我可怜的爸爸！

我推开屋门，天上又开始落雪了。院门外站着一个人，浑身积满了雪。他缩着脖子，看见我出来，冲我笑："你可出来了，睡足了吗？"

"你怎么还在这里站着？"我看见又是被我从井里救出来的那小子。

"你又睡了一个小时。我就在这儿站着等你，跟待在井里差不多！"

"等我干啥？我愿意一个人玩！"我往前走，他在后面跟着："我叫陈飞，跟你一个姓。你是哪年生的？"我告诉了他。他又问："几月几日？"我没回答他，瞪了他一会儿，我说："你管得着吗？"

他笑了，露出一口白牙，站在雪地里缩着脖子，不走了，一直盯着我："下雪天你上哪儿去玩？"

"我想一个人待着！"我气咻咻地说。这小子牙挺白，挺整齐。我摸了摸自己的半颗门牙生起气来，心想，以后这小子再跟我龇出那口漂亮的白牙，我非揍掉他两颗门牙不可。

我一个人仰躺在雪地上，把棉帽子扣在脸上。身下很松软，很舒服。那年夏天，我就是躺在空场上把一瓶子醋喝光的。夏天完了是秋天，冬天过去又是春天。我心里突然有些难受。

从那个下雪天有了这种难受的感觉之后，这种淡淡的惆怅就不离开我了。

我知道自己考不上大学。破地方、破学校、破老师、破父亲，还能生出个大学生？去年全校的老师、领导动员起来了，整得人不人鬼不鬼的，才出了两个中专生。弄得家长送感谢信，学校拜访家长，好像那俩家伙不是去上中专，而是要出国当大使。瞧他俩回家度假时的样子：男的把微型录音机揣在兜里，两只耳朵上架着立体声耳机；女的肩头上天天挎着一个小皮包，据说里面装的全是男生写给她的情书……

咯吱咯吱的，有脚踩雪的声音，由远到近，最后在我脑袋边上停住了。

我知道是陈飞，故意不理他。他站着不动，他一动，那雪就会咯吱咯吱地响。

我数了一百个数，用不快不慢的速度数的，头顶上还没有动静。我把帽子掀开："你在这里干什么？快滚开！"

陈飞坐在雪地上，两手抄在袖子里，还是一副笑脸："陈辉辉，我那天不是掉在井里的，是故意顺着井绳滑下去的……"

我翻身坐起："后来呢？"

"后来，我想吓唬吓唬打水的人，可真倒霉，半天没人打水，我受不了了，幸亏你来了！"

我嘿嘿笑起来："你挺有意思！"

"冻死我了！"陈飞叫苦连天。

这小子连帽子也没戴。我把帽子扔给他："见你的鬼！"

从那个雪天之后，我和陈飞形影不离，玩烂了一副扑克牌，玩腻了陆战棋、象棋、跳棋，连一个三岁孩子抱着的娃娃肚子上的口哨，也被我抠出来放在嘴里吹烦了。

陈飞还是天天来找我，我也天天等着他。

那天，他跟我说："真没意思！"

我说："没劲透了！"

他说："我想跟我叔叔上山打野猪！"

我说："打野猪肯定有意思！"

"你去吗？"

"我怕死！"我准备离开这小子。

"那我过几天再找你玩！"他大声说。

"随你的便！"我头也不回就走了。

下午，我遇见一个从关内跑到北大荒来要饭的老头。我什么也没有，盯着老头看了半天，突然想起我们的体育老师天天喝酒，经常啃烧鸡，就把要饭老头领到体育老师宿舍的门口："进去吧！你肯定不会空手出来！"老头迟疑地走了进去。我在远离门口的地方等着。老头很快走出来，一副沮丧的表情。

老头走了。我捡了块石头，把体育老师的后窗砸了个窟窿后跑掉了。

第二天，家里出了一件事，爸爸修烟囱，从落过雪的屋脊上滑下来，摔坏了胳膊。他的胳膊抬不起来，像个伤兵。他经常阴着脸，那双眼睛更有时间在我身上乱扫了。

我的心情也阴得厉害，不过，有时看见父亲抬不起胳膊的样子也很好笑。因为我被人揍了时，他说我是"落汤鸡""乌眼鸡""耷拉翅膀的鸡"。

过了些日子，父亲跟我说："黑山后面豆地里还有豆秸，咱俩套辆牛车，把豆秸拉回来！"

我觉得这是父亲第一次平等地跟我说话，因为我的劳动力有了价值。我说："装车一定很累，应该给我多带些好吃的。""行！"爸爸答应我。

为了慎重起见，我用纸开了一张清单，上面写着我喜欢吃的东西，递给爸爸。爸爸看了一眼，就扔进炉坑里。我耐着性子把那团纸捡出来，展平后又递给爸爸。爸爸这次不看清单，只瞪我的脸，那眼光很恶毒。

妈妈把吃的东西都准备好了，只是没有酒。爸爸他离不开酒，就因为我开的清单上也有酒，他就把酒去掉了。

他是故意同我作对，千方百计削弱我应有的权利。我自己找了个小瓶子，装了一点儿白酒拴在屁股上。我不喝酒，可我非带上一点儿不可！

天地间看不出有风，但却很冷。

驾辕的牛懒洋洋地迈着步子，悠闲得像是去串亲戚。我用脚踹牛的屁股："快点走！"爸爸说："它天天干活，就这么个走法！"我仰躺在车板上，任凭破牛车缓慢地晃荡。"起来！冻僵了还干不干活儿！"爸爸用鞭杆捅了我一下。我坐起来，背朝父亲。

我坐在牛车上打了会儿盹，牛车才转出老黑山。我看见大片豆地里，坐落着一堆堆蒙了薄雪的豆秸。爸爸不能把胳膊完全抬起来，只有我来挥杈装车，他在车上把豆秸摆平。

我甩了十几杈子，就感到两臂发沉，滋味不好受。我说："歇一会儿吧！"

父亲根本没听见我的话，他站在车上喊："顺着风挥杈子！省劲！"

车上的豆秸越来越高。临近下午，终于装完了车。我简直累瘫在地上。

"吃东西吧！"父亲喊我。我走过去，撕了一只鸡腿大口嚼起来。

"出汗了吧？"父亲问我。

我没有停止咀嚼，其实，汗把衬衣都浸透了，可我就愿意跟父亲唱反调。十六年来第一次出这么多汗，是因为干活儿干出来的！

"如果有点酒就好了！"父亲小声嘟囔了一句。

"活该！"我心里涌起一阵报复的得意，转到牛车另一面，把那小瓶酒的盖子打开，抿了一口，眼泪差点呛出来。喝进肚里不好受，可我心里异常高兴。父亲在牛车那面一定是副焦渴狼狈的样子。想到这儿，我又呷了一口，这回鼻子竟有些酸，心里忽然难受了一下。

北方的冬日白天短得很，不到四点钟，天色就朦胧了。父亲累了，躺在车顶上，我赶着牛车。路不太平，装满豆秸的车晃晃悠悠，像是在忍痛颤抖。

父亲抬起身冲我喊："下坡慢些！别忘了把车闸扳上！"他蛮横的声音尾端，竟带出两声哼唧，大概是胳膊疼得厉害。

我什么也没听进去，尽情地吆喝着，用鞭杆不断敲打着牛屁股。

雪野寂静，只有我的牛车在滚动。父亲在车顶上睡着了，我没去叫醒他。下坡时，我把车闸扳上，很顺利。

上坡了，牛车明显地慢下来。我突然感到紧靠着后背的豆秸垛离开了我，随即咕咚一声，牛车的车辕高高翘起，沉重的豆秸垛向后滑去，父亲摔在地上。他爬起来连声说："怨我怨我，后面装得太重了！"

我傻呆呆地站在一边，不知所措。驾辕的牛被肚带勒起，前蹄悬在半空，无力地垂着，牛泪冻成两条冰溜。父亲急了，他突然举起两只手抓住车辕，把身体悬吊起来，想用自己的重量使牛车恢复平衡。我听见了他低沉的呻吟。他的整个身体都在颤抖。

我蹿上去，也把自己吊在车辕上。

辕车的前蹄依然悬在半空。父亲跳下来，甩掉棉袄，抢起权子，发疯般地卸车上的豆秸，一边冲我喊："你看见牛一吐白沫，就赶紧把肚带割断！"

车上的豆秸卸掉一半时，牛车终于放平了。我吐了口气，一回头，看见父亲紧紧地抱着胳膊缩在草垛旁，满脸滚着大汗珠。

"爸——"我俯在父亲身边，不知该怎样帮助他。

父亲把脸埋在豆秸里："我一会儿就好了！"

我想起那一小瓶白酒，飞快地从腰上解下来，递到父亲嘴边。父亲抬起头，看见酒，先是愣了一下，然后认真地看了我一会儿。我想他除了在我刚生下时这么看过我，就只有这一次了。他没有喝，只是凑在瓶子上贪婪地嗅着，然后……还没喝，把脸俯在酒瓶上，一齐埋在豆秸里……

说实话，我第一次被父亲打动了。

我忘不掉，空旷的雪野里，父亲缩在豆秸垛里的身影。

过了几天，陈飞又来找我，一进门，大声叫道："打野猪真没意思！三天没见一根野猪毛，连野猪屁都没闻到！没劲透了！"

我说："你如果只会说没意思、没劲透了的屁话，就不要再来找我！"

"你怎么啦？"他瞪着牛蛋一样的大眼问。

我也不知道怎么回答他。我说："瞪我干什么！说吧，今天干件有意思的事，说不出，滚蛋！"

他愣了一下，笑起来："这不难！"可半天又没说出什么，脸上流露出犹豫的神色。

我等着他开口……